EN LETTRES **D'ANCRE**

JESSICA AU

POUR QU'IL NEIGE

roman

Traduit de l'anglais (Australie)
par Claro

BERNARD GRASSET
PARIS

L'édition originale de ce texte a été publiée par Giramondo Publishing, Fitzcarraldo Editions et New Directions en 2022 sous le titre :

COLD ENOUGH FOR SNOW

Jaquette : Photo Dorothy Shoes / Plainpicture.

ISBN 978-2-246-82940-9

Pour Oliver

Il pleuvait quand nous avons quitté l'hôtel, une pluie fine, légère, comme il en tombe parfois à Tokyo en octobre. J'ai annoncé que l'endroit où nous allions n'était pas très loin – il nous faudrait juste nous rendre à pied à la gare, celle par laquelle nous étions arrivées la veille, puis prendre deux trains et emprunter quelques petites rues jusqu'au musée. J'ai sorti mon parapluie et l'ai ouvert, puis j'ai remonté la fermeture Éclair de mon manteau. Il était encore tôt et les gens se pressaient dans la rue, la plupart s'éloignant de la gare plutôt que marchant dans sa direction, comme c'était notre cas. Tout ce temps, ma mère est restée près de moi, comme si elle voyait dans cette foule un puissant courant et craignait que, si nous étions séparées, nous ne pourrions plus nous retrouver et continuerions de dériver, toujours plus loin l'une de l'autre. La pluie était douce et régulière. Elle laissait une fine couche d'eau sur le sol, qui n'était pas goudronné mais composé de petits carreaux, si l'on y prêtait attention.

Nous étions arrivées la veille au soir. Mon avion avait atterri une heure avant celui de ma mère et je l'avais attendue à l'aéroport. J'étais trop fatiguée pour lire mais j'avais récupéré mes bagages et acheté deux billets pour l'un des trains express, ainsi qu'une bouteille d'eau, puis j'avais retiré un peu d'argent au distributeur. Je m'étais demandé si je devais faire d'autres emplettes – du thé, peut-être, ou quelque chose à manger, mais j'ignorais comment ma mère se sentirait à son arrivée. Quand elle a franchi le portique, je l'ai reconnue immédiatement, même de loin, à sa façon de se tenir ou de marcher, sans vraiment distinguer clairement son visage. De plus près, j'ai remarqué qu'elle continuait de s'habiller soigneusement : un chemisier marron avec des boutons de nacre, un pantalon repassé et quelques bijoux en jade. Il en avait toujours été ainsi. Elle ne s'achetait rien de coûteux mais faisait attention à la coupe, à la subtile harmonie des textures. Elle ressemblait à une femme bien habillée dans un film tourné il y a vingt ou trente ans, à la fois datée et élégante. J'ai vu également qu'elle avait une grosse valise avec elle, la même que dans mon enfance. Elle l'avait rangée tout en haut de l'armoire dans sa chambre, d'où la valise nous avait dominées, peu utilisée, descendue seulement lors des rares fois où ma mère était retournée à Hong Kong, d'abord à la mort de son père, puis à celle de son frère. La valise était à peine abîmée, et même aujourd'hui elle paraissait presque neuve.

Plus tôt cette année-là, j'avais demandé à ma mère de m'accompagner au Japon. Nous n'habitions plus la même ville, et n'avions guère voyagé ensemble depuis que nous étions adultes, mais je commençais à sentir que la chose était importante, et ce pour des raisons que je ne pouvais alors préciser. Au début, elle avait résisté, mais j'avais insisté et finalement elle avait accepté, mais sans le formuler vraiment, en protestant de moins en moins, hésitant au téléphone quand je la relançais, puis j'avais compris à son attitude qu'elle me faisait enfin savoir qu'elle viendrait. J'avais choisi le Japon parce que je m'y étais déjà rendue, et bien que ce ne fût pas le cas de ma mère, je m'étais dit qu'elle serait plus à même d'explorer une autre région d'Asie. Et peut-être avais-je senti que nous retrouver toutes deux dans un pays étranger nous mettrait pour ainsi dire sur un pied d'égalité. J'avais choisi l'automne, car cela avait toujours été notre saison préférée. Les jardins et les parcs seraient alors resplendissants ; la fin de saison, un grand dépouillement. Je n'avais pas prévu qu'il pourrait y avoir encore des typhons. La météo avait déjà diffusé plusieurs alertes, et il avait plu régulièrement depuis notre arrivée.

À la gare, j'ai donné à ma mère son passe de métro et nous avons franchi le tourniquet. Une fois à l'intérieur, j'ai cherché le quai où nous devions aller, en essayant d'associer le nom et les couleurs à ce que j'avais noté sur le plan la veille au soir. J'ai fini par repérer le bon train. Sur le quai, le sol était balisé afin qu'on sache où attendre avant d'embarquer. Nous avons respecté docilement le marquage et le train est arrivé quelques minutes plus tard. Il y avait une place libre près de la porte, j'ai fait signe à ma mère de s'y installer pendant que je restais debout près d'elle et regardais défiler les gares. La ville était grise et tout en béton, morne sous la pluie, presque familière. Je reconnaissais les formes – des bâtiments, des passerelles, des passages à niveau – mais dans le détail, les matériaux, ils étaient tous légèrement différents, et c'étaient ces variations infimes mais révélatrices qui continuaient de m'absorber. Au bout d'une vingtaine de minutes, nous avons pris une ligne secondaire et un train moins bondé, et cette fois-ci j'ai pu m'asseoir à côté d'elle et regarder les immeubles devenir de moins en moins hauts, jusqu'à ce que nous arrivions dans les banlieues, qu'apparaissent des maisons aux murs blancs et aux toits plats avec des petites berlines garées dans les allées. Je me suis fait la réflexion que, lors de mon dernier séjour ici, j'étais avec Laurie, et avais pensé de temps à temps à ma mère. Maintenant, j'étais ici avec elle, et je pensais de temps en temps à lui, aux heures passées à sillonner en tous sens la ville du matin jusque bien après le coucher du soleil, à tout voir, tout découvrir. Au cours de ce voyage, c'était comme si nous étions de nouveau des enfants, agités et explosifs, passant notre temps à parler, à rire, jamais rassasiés. J'avais eu alors envie de partager certains de ces moments avec ma mère, ne serait-ce qu'une petite partie. C'est à la suite de ce voyage que j'ai commencé à apprendre le japonais, comme si je préparais inconsciemment celui-ci.

En sortant de la gare, nous nous sommes retrouvées dans une rue calme, au cœur d'un quartier luxuriant. De nombreuses maisons donnaient de plain-pied sur la rue mais les gens avaient installé de petites jardinières dans le peu d'espace disponible, des pivoines ou des bonsaïs. Nous aussi nous avions fait pousser un bonsaï, dans un pot blanc et carré avec de petits pieds. Je ne crois pas que ma mère en aurait acheté un, il devait donc s'agir d'un cadeau que nous avions gardé et entretenu très longtemps. Pour une raison inconnue, je me souvenais l'avoir détesté quand j'étais petite. Peut-être trouvais-je artificiel, ou abandonné, cet arbre minuscule et très ouvragé, qui rappelait presque une illustration, et poussait seul dans son coin alors que sa place aurait dû être dans une forêt.

En chemin, nous avons longé un bâtiment aux murs de briques de verre, puis un autre dont la surface était couleur de champignon. Un peu plus loin, une femme balayait des feuilles dans la rue et les mettait dans un sac. Nous avons parlé un moment du nouvel appartement de ma mère, que je n'avais pas encore vu. Elle avait quitté récemment notre maison d'enfance pour s'installer dans un petit immeuble en grande banlieue, plus près de l'endroit où vivait ma sœur, et plus près de ses petits-enfants. Je lui demandai si elle s'y plaisait, si on y trouvait les boutiques où elle pouvait acheter la nourriture qu'elle aimait, si ses amies n'étaient pas trop loin. Elle me dit que les oiseaux faisaient beaucoup de bruit le matin. Elle avait cru au début qu'il s'agissait d'enfants qui criaient et elle était sortie pour essayer de mieux entendre, s'assurer que tout allait bien. Puis elle avait compris que le bruit émanait des oiseaux, mais quand elle les avait cherchés dans les arbres, elle n'avait rien vu. Là-bas, c'étaient de vastes étendues de champs, des autoroutes. On pouvait marcher, marcher, sans voir personne pendant plusieurs minutes malgré les nombreuses maisons alentour.

J'ai repéré un parc un peu plus loin et consulté la carte sur mon téléphone. J'ai dit à ma mère que nous devrions le traverser, que la distance à parcourir pour se rendre au musée serait à peu près la même. Entretemps, la pluie avait cessé et nous avons baissé nos parapluies. Le parc était immense, avec une canopée sombre et des sentiers sinueux. C'est ainsi que je m'étais représenté les parcs dans mon enfance, boisés, sombres et humides, un monde dans un monde. Nous sommes passées devant une aire de jeux déserte, avec un toboggan métallique aux contours bleus, dont la surface retenait encore de grosses gouttes de pluie bombées. Une série de ruisseaux serpentaient entre les arbres, se croisant puis se séparant et se croisant de nouveau. Des pierres plates émergeaient au milieu, tels de minuscules défilés ou chaînes de montagnes, et ici et là il y avait des petits ponts étroits, pareils à ceux qu'on voyait souvent sur les cartes postales ou les vues d'Orient.

Avant de partir, j'avais acheté un nouvel appareil photo, un Nikon. Bien que numérique, il possédait trois petits boutons et un viseur, ainsi qu'un petit objectif qu'on pouvait tourner manuellement pour ajuster l'ouverture. Il me rappelait l'appareil utilisé par mon oncle pour prendre des photos de famille quand ils étaient jeunes et vivaient à Hong Kong. Ma mère en possédait encore quelques-unes. Je les regardais souvent quand j'étais enfant, en écoutant les histoires qui allaient avec, fascinée par les taches de couleur qui parfois jouaient dessus, telles des gouttes d'huile sur l'eau, forant un trou brillant à leur surface. Ces photos avaient à mes yeux une élégance surannée, ma mère et mon oncle posant presque comme mari et femme, elle assise et lui debout derrière son épaule, leurs cheveux coiffés d'une certaine façon, elle vêtue d'une robe à motif et lui d'une chemise blanche repassée, avec les rues et les cieux de Hong Kong lourds et humides derrière eux. Par la suite, j'ai complètement oublié ces photos, et ne les redécouvrirais que des années plus tard quand ma sœur et moi viderions l'appartement de ma mère, dans une boîte à chaussures pleine d'enveloppes jaunes et de petits albums.

J'ai sorti l'appareil, ajusté l'ouverture, et collé mon œil au viseur. Ma mère, sentant le changement dans la distance entre nous, s'est retournée et a vu ce que je faisais. Elle a immédiatement adopté une pose classique : pieds joints, dos droit, mains croisées. Ça va comme ça, a-t-elle demandé, ou devait-elle aller là-bas, plus près de cet arbre ? En fait, j'avais voulu capturer quelque chose de différent, voir son visage tel qu'il était en temps ordinaire, quand elle était seule dans ses pensées, mais j'ai dit que ça allait et pris quand même la photo. Elle m'a demandé si elle devait en prendre une de moi, mais j'ai dit non, nous devions repartir.

Au cours des semaines précédant le voyage, j'avais passé de nombreuses heures à repérer divers endroits – des lieux de pèlerinage, des parcs boisés, des musées, les quelques maisons anciennes épargnées par la guerre – en me demandant tout ce temps ce qu'elle aimerait voir. J'avais préparé un gros dossier dans mon ordinateur portable, contenant des adresses, des descriptions, des heures d'ouverture, ajoutant et soustrayant des tas de choses, soucieuse de trouver un juste équilibre, désireuse de profiter au mieux de notre séjour ici. Le musée m'avait été recommandé par une amie. Il faisait partie d'une vaste demeure d'avant guerre, construite par un célèbre sculpteur. J'avais accumulé des informations sur cette maison, et j'avais hâte de la voir. J'ai regardé le plan sur mon téléphone et dit à ma mère que si nous tournions là, nous arriverions bientôt dans la rue où se trouvait le musée. Tout en marchant, je lui ai vaguement expliqué à quoi s'attendre, en prenant soin de ne pas donner trop de détails, afin qu'elle puisse découvrir les choses par elle-même.

En chemin, nous avons longé les grilles d'une école où des enfants prenaient leur pause du matin. Ils portaient des petits chapeaux colorés qui indiquaient peut-être leur âge ou leur niveau scolaire, ils jouaient bruyamment et librement. La cour de l'école était propre et les équipements brillants, plusieurs professeurs se tenaient près d'eux et les regardaient calmement. J'ai songé alors, et me suis demandé si ma mère y songeait aussi, à l'école catholique où elle nous avait inscrites, ma sœur et moi, pas vraiment pour la qualité de son éducation, mais à cause des jupes à carreaux et des bibles bleues, toutes ces choses qu'on lui avait appris à envisager et à vouloir pour elle-même. Au bout de quelques années dans cette école, ma sœur et moi avions obtenu une bourse et étions restées jusqu'à la dernière année de lycée, avant de décrocher nos diplômes et d'aller à l'université : ma sœur pour étudier la médecine, et moi la littérature anglaise.

Dans le hall du musée, il y avait un portant sur lequel on pouvait fixer son parapluie, afin je suppose de ne pas répandre de l'eau dans la vieille demeure. J'ai pris celui de ma mère, je l'ai un peu secoué, et disposé côte à côte avec le mien, en empochant les petites clés qui nous permettraient de les récupérer plus tard. Une fois passé les portes coulissantes, il y avait un espace pour ôter ses chaussures, avec deux tabourets en bois, et des paniers pleins de chaussons bruns. Pendant que j'ôtais péniblement mes bottes, ma mère, ainsi que je le remarquai, ôta les siennes comme si elle avait vécu toute sa vie au Japon, et les posa soigneusement l'une à côté de l'autre, leurs extrémités dirigées vers la rue, puisqu'elle sortirait plus tard dans ce sens. Elle portait des chaussettes blanches, dont le dessous était immaculé comme de la neige fraîchement tombée. Petites, nous aussi avions appris à laisser nos chaussures sur le seuil de notre porte. Je me rappelais encore le choc éprouvé en allant un jour chez une amie après l'école où j'avais eu le droit de courir pieds nus dans le jardin. Sa mère avait actionné l'arrosage automatique et au début le sol m'avait fait mal, puis il était devenu tendre et humide, l'herbe chauffée par le soleil.

J'enfilai une paire de chaussons et me dirigeai vers le guichet pour payer. La femme prit mes billets et me rendit quelques pièces, ainsi que deux tickets et deux brochures imprimées sur du beau papier blanc. Elle expliqua qu'il y avait deux expositions : des œuvres venant de Chine et de la péninsule coréenne au rez-de-chaussée, ainsi que des textiles réalisés par un célèbre artiste à l'étage. Je la remerciai, pris les brochures, puis me retournai pour en informer ma mère avec enthousiasme, en pensant à sa mise soignée et à la façon dont elle avait toujours reprisé et ajusté nos vêtements quand nous étions jeunes. Je lui proposai de faire chacune la visite séparément, afin de prendre autant de temps qu'on voulait devant certaines œuvres. Mais, lui dis-je, nous sentirions toujours la présence de l'autre et ne serions jamais très loin. Je craignais qu'elle veuille rester quand même près de moi, vu sa frayeur récente à la gare, mais elle parut rassérénée par le lieu et ses modestes dimensions, et se rendit docilement dans la salle suivante, la brochure ouverte entre les mains comme si elle s'apprêtait à la lire.

Le musée s'étendait sur deux niveaux. Il était frais et silencieux, avec des parquets inégaux et de grosses poutres sombres, on pouvait deviner la vieille demeure qu'avait été autrefois le bâtiment. Les marches étaient étroites et rapprochées, parce que autrefois les gens étaient petits, et elles grinçaient, usées en leur centre, là où des milliers de pieds les avaient lissées et fait briller. Une lumière douce et laiteuse filtrait par les fenêtres, comme à travers un paravent de papier. Je choisis une salle au hasard, pliant en deux la brochure et la rangeant dans ma poche de manteau. Je voulais, je crois, aborder les œuvres naïvement, en savoir le moins possible sur leur origine ou leur provenance, les voir telles qu'elles étaient. Des pots et des vases étaient exposés dans des vitrines, assortis de cartons calligraphiés précisant l'époque de leur fabrication, ainsi que d'autres caractères que je ne pouvais déchiffrer. Chacun présentait un aspect rudimentaire mais stimulant. À leurs formes irrégulières, à la fois délicates et épaisses, on devinait que chaque pièce avait été faite à la main, avant d'être vernie et peinte, également à la main, si bien qu'un objet aussi simple qu'un bol dans lequel on mangeait ou un récipient dans lequel on buvait prenait une dimension artistique. J'allais de salle en salle, photographiai une assiette bleue, couleur d'agate, sur laquelle des fleurs, sans doute des lotus, étaient peintes, puis un bol couleur boue, dont l'intérieur était nuance coquille d'œuf. Pendant quelque temps, j'avais senti la présence de ma mère derrière moi, elle s'arrêtait quand je m'arrêtais, ou pressait le pas quand j'allais plus vite. Mais très vite je ne la vis plus. J'attendis un court instant dans la dernière salle du rez-de-chaussée pour voir si elle allait réapparaître, puis montai à l'étage. En chemin, je remarquai une salle dont la porte-cloison avait été repoussée, et qui donnait sur un jardin paisible avec des pierres et des érables dont les feuilles viraient au rouge.

Les tissus étaient exposés dans une salle tout en longueur, de sorte qu'on pouvait tous les embrasser d'un seul regard ou chacun séparément. Certains étaient modestes mais d'autres si grands que leur extrémité ondulait sur le sol telle de l'eau gelée, et il était impossible de les imaginer usés ou suspendus ailleurs que dans cette salle. Les motifs étaient à la fois primitifs et gracieux, aussi beaux que les costumes d'un conte folklorique. Observer la transparence de ces tentures superposées était un peu comme scruter le ciel à travers la canopée des feuilles. Elles me rappelaient les saisons et, du fait de leurs fils nus et visibles, quelque chose de beau et de simple qui avait été oublié, une chose qu'on pouvait seulement regarder et non plus vivre. J'étais à la fois fascinée par leur beauté et attristée par cette vague pensée. Je déambulai longtemps entre elles en attendant ma mère. Comme elle ne se manifestait pas, je partis explorer seule le reste de la demeure et, finalement, je la vis qui m'attendait dehors, assise sur le banc de pierre à côté des parapluies.

Je lui demandai si elle avait vu les étoffes et elle me répondit qu'elle en avait vu quelques-unes, mais qu'elle s'était sentie fatiguée et avait décidé de m'attendre ici.

J'avais envie de parler un peu plus de la salle, de ce que j'y avais ressenti, cette étrange acuité. N'était-ce pas incroyable, avais-je envie de dire, qu'il ait existé un jour des gens capables de regarder le monde – les feuilles, les arbres, les rivières, l'herbe –, d'y voir des motifs et, chose encore plus incroyable, qu'ils aient pu découvrir l'essence de ces motifs, et les transposer en étoffes ? Mais quelque chose m'en empêcha. Au lieu de ça, je dis qu'une des salles du haut, qui donnait sur le jardin en surplomb, avait été conçue pour la contemplation. On pouvait ouvrir la fenêtre, s'asseoir au petit bureau et regarder les pierres, les arbres ou le ciel. Il est peut-être bon parfois, dis-je, de s'arrêter et de réfléchir à ce qui s'est passé ; peut-être que penser à la tristesse peut bel et bien finir par rendre heureux.

Ce soir-là, nous sommes allées dîner au restaurant, dans une ruelle tout près de la voie ferrée. J'ai emprunté une route qui longeait le canal, en me disant qu'elle pourrait être jolie à cette heure de la journée. Les bâtiments autour de nous étaient sombres et les arbres obscurs et silencieux. Des plantes poussaient sur les parois abruptes du canal, couraient sur ses pentes et, dans l'eau, renvoyaient une image tremblante et délicate du monde d'au-dessus. Dans la rue, les restaurants et les cafés n'avaient allumé que des lampes de faible intensité, comme des lanternes. Nous avions beau être au centre de la ville, on se serait cru dans un village. C'était une de mes expériences préférées au Japon et, comme tant d'autres choses, ça se situait entre le cliché et la vérité. C'est beau, ai-je dit, ma mère a souri mais il était impossible de savoir si elle était du même avis.

Le restaurant se trouvait au premier et dernier étage d'un bâtiment, les marches étaient très raides, très étroites, on avait presque l'impression de monter à une échelle. On nous indiqua une place devant un comptoir en bois, à côté d'une fenêtre étroite qui donnait sur la rue, et je vis qu'il s'était remis à pleuvoir. Comme ma mère ne mangeait pas de viande, nous avons fait attention en passant commande. J'ai déchiffré le menu comme j'ai pu, recourant souvent à son aide pour des caractères que je ne comprenais pas ou avais oubliés, et ensemble nous avons réussi à dénicher les bons plats. J'ai senti qu'elle était soulagée, enfin, de pouvoir être utile.

Ma mère a regardé par la fenêtre et a dit qu'il pleuvait encore. J'ai regardé à mon tour, comme si je remarquais la pluie pour la première fois, et j'ai dit que oui, il pleuvait. Elle a dit que bien qu'on soit en octobre, elle n'avait pas froid, que le climat ici semblait plus doux, une veste légère lui suffisait. Elle a demandé s'il allait pleuvoir le lendemain, et j'ai dit que je ne savais pas trop, mais j'ai alors sorti mon téléphone pour vérifier et j'ai annoncé que demain ça semblait dégagé, mais qu'il faudrait que je regarde de nouveau une fois rentrées à l'hôtel. Elle a dit qu'elle s'était sentie bizarre la semaine précédente et avait eu peur de tomber malade avant de partir, mais elle s'était reposée et avait mangé équilibré, et maintenant elle se sentait bien, pas si fatiguée que ça. Je lui ai demandé ce qu'elle avait pensé de la journée, et elle a dit que cela avait été très agréable. Puis elle a pris son sac et en a sorti un petit livre. Elle a expliqué qu'elle l'avait trouvé dans une boutique près de chez elle, et qu'il décrivait la nature de votre caractère d'après le jour de votre naissance. Elle l'a ouvert au mois correspondant à ma naissance et m'a lu la page.

Les gens nés le même jour que toi, a-t-elle dit, sont idéalistes au cours de leur jeunesse. Afin de se sentir véritablement libres, ils ont besoin de comprendre que leurs rêves sont irréalistes, ça les rend alors humbles et ils peuvent enfin être heureux. Ils aiment la tranquillité, l'ordre et les belles choses, mais peuvent vivre entièrement dans leur tête.

Elle a lu la page correspondant à son propre signe, puis à celui de ma sœur, qui dit-elle était fidèle, dure à la tâche mais aussi prompte à se mettre en colère, et pouvait vous en vouloir très longtemps. Puis elle a lu le passage où l'on apprenait qui était le plus compatible avec qui, comparant d'abord chacun de ses enfants entre eux, puis chacun avec elle-même.

Je trouvais certains traits vrais, d'autres non, mais ce qui importait c'était que ce genre de choses permettait à une personne de parler de vous, de ce que vous aviez fait ou pourquoi vous l'aviez fait, et ce d'une façon qui décomposait votre caractère en traits distincts. Vous deveniez lisible pour autrui, ou pour vous, ce qui pouvait être une révélation. Mais qui peut dire comment on va se comporter tel jour, sans parler des endroits secrets de l'âme, où toutes sortes de choses peuvent exister ? Je voulais qu'on en discute un peu plus, ne serait-ce que pour prolonger cette idée, la préciser à mes yeux, mais je savais aussi qu'elle avait besoin, et envie de, croire à de telles choses : à savoir que ma sœur était généreuse et heureuse en compagnie d'autrui, que je devais être prudente avec l'argent en mai. Aussi ne dis-je rien.

Les plats arrivèrent sur deux plateaux, accompagnés d'un bol de riz blanc près du centre, et diverses petites assiettes de légumes et de garnitures de chaque côté, dans lesquelles on pouvait piocher et choisir entre de nombreux parfums et textures différents. Ma mère commenta brièvement chaque plat, apparemment ravie de notre choix commun. La façon dont elle se servait de ses baguettes pour déplacer un aliment d'une assiette à l'autre, sans que les extrémités se chevauchent jamais, m'avait toujours paru élégante. Je tenais mal mes baguettes, les plantant et les croisant, et chaque fois que j'essayais d'imiter son style, je finissais toujours par laisser tomber des choses.

Pendant que nous mangions, je lui demandai à nouveau s'il y avait un endroit en particulier qu'elle voulait voir pendant qu'on était ici, un jardin spécial, un temple, un site. Elle agita la main et dit que tout lui plairait. Elle dit qu'elle avait feuilleté un guide de voyage avant de venir ici, mais avait préféré ne pas l'acheter. Même si en couverture, il y avait une photo de portes rouges et brillantes. Je dis qu'elles se trouvaient à Kyoto, et que si ça l'intéressait nous pourrions aller les voir, étant donné que notre périple s'achèverait là-bas.

Je finis mes plats en premier, posai mes baguettes sur le bord de mon bol et attendis. Dehors, la pluie tombait en lignes sombres et silencieuses, fendant la route tel un cours d'eau. Des hommes et des femmes rentraient chez eux à vélo, en tenant le guidon d'une main et des parapluies clairs de l'autre. De temps en temps, l'un d'eux s'arrêtait pour faire une emplette à l'épicerie située en face du restaurant, dont les vitrines étaient éclairées et pleines d'articles dont je commençais à reconnaître les emballages. Je songeai combien cette scène me paraissait vaguement familière, surtout avec les odeurs du restaurant autour de moi, mais également étrange, car ce n'était pas à mon enfance mais à celle de ma mère que je pensais, et dans un autre pays qui plus est. Pourtant, quelque chose me parlait dans le sentiment subtropical, l'odeur de la vapeur, du thé et de la pluie. Ça me rappelait ses photos, ou les séries télévisées qu'on regardait ensemble quand j'étais petite. Ou c'était comme les bonbons qu'elle m'achetait, qui étaient à n'en pas douter les mêmes que ceux que lui achetait sa mère. Il est étrange d'éprouver à la fois de la familiarité et de l'isolement. Je me demandai comment je pouvais me sentir autant chez moi dans un endroit qui n'était pas le mien.

Ma mère repoussa son bol et s'excusa, en disant qu'elle était incapable de finir son plat. Je lui dis que ce n'était pas grave et versai le reste de son riz dans mon bol, même si je n'avais plus faim. Au fond de nos bols, qui étaient en céramique, il y avait un petit cercle là où le vernis avait formé un petit dépôt et séché, comme un étang bleu, mais quand on les inclinait, rien ne bougeait.

J'avais choisi un hôtel dans un des quartiers les plus animés de la ville, entre la gare et un parc célèbre. Sur le moment, j'avais songé non seulement au côté pratique, mais aussi au confort, voire au luxe. Pourtant, je n'étais plus très sûre de mon choix à présent. L'hôtel n'avait rien de spécial, un simple lieu de passage, avec le même mobilier imposant qu'on trouve dans tous les hôtels du monde. Il visait un certain confort en veillant à ce que rien ne saille ou ne soit menaçant. Les couloirs se ressemblaient tous, et je me trompais sans cesse en cherchant notre chambre, désorientée. Pendant que ma mère prenait sa douche, je m'assis sur un des lits jumeaux et appelai ma sœur. Il y avait une grande fenêtre à un bout de la chambre avec un rebord large et froid, de lourds rideaux en soie, ainsi que des voilages plus fins quand on voulait voir, du moins en partie, le scintillement extérieur.

Je les repoussai tout en parlant au téléphone, et regardai les balises rouges qui brillaient au sommet des gratte-ciel, ainsi qu'une haute structure que je supposai être la tour de Tokyo.

Ma sœur décrocha, et après les salutations d'usage je pris de ses nouvelles. Elle me raconta que sa fille portait la même robe depuis trois jours. Elle ne l'ôtait que pour se laver mais dormait avec. Elle me dit qu'avant de s'envoler pour le Japon, notre mère avait emmené un matin les enfants dans un grand magasin pendant que ma sœur faisait des courses. Une fois là-bas, la fille de ma sœur avait insisté pour que sa grand-mère lui achète la robe en question, et quand notre mère s'était montrée réticente, la petite avait fait son tout premier caprice en public. Paniquée, notre mère avait cédé et payé. La robe, me dit ma sœur, était à la fois chère et laide, mais sa fille avait vu quelque chose en elle, quelque chose qui parlait à son for intérieur, et qu'elle n'était pas encore en mesure d'exprimer. Elle était aussi trop courte, et ma sœur avait dû coudre une longueur de dentelle au bas de l'ourlet, tout en sachant que sa fille allait très vite grandir. En ce moment, ses deux enfants jouaient dans le jardin, et chaque jour, la robe, qui était d'un beige pâle, se salissait un peu plus.

Ma sœur avait elle aussi été encline aux colères quand elle était petite. Je le lui rappelai et elle acquiesça, elle s'en souvenait, même si elle n'y avait guère repensé avant que sa fille pique une crise. Je la revoyais briser un jour une baguette de verre contre le mur de briques de notre maison. La baguette était remplie de paillettes et d'eau, son contenu coulait magiquement dans un sens ou dans l'autre selon l'inclinaison qu'on lui donnait. L'objet nous était précieux à toutes deux et aujourd'hui elle et moi étions incapables de nous rappeler pourquoi elle l'avait cassé, nous ne nous souvenions que de notre désarroi une fois le forfait accompli. Je demandai à ma sœur si elle se rappelait la source de sa colère à l'époque, et elle me dit que non, pas vraiment. Elle dit qu'au fil des ans, sa colère s'était estompée, et que maintenant, bizarrement, elle avait la réputation d'être calme et pondérée, surtout au travail, où on la louait souvent pour sa compétence. Mais à force d'observer sa fille, elle avait l'impression de se souvenir des détails d'un rêve qu'elle avait fait, et se disait que peut-être, à un moment de sa vie, des choses avaient existé qui valaient la peine qu'on hurle et pleure, une vérité plus profonde, voire quelque chose d'horrible, que tout le monde autour de vous refusait de voir, ce qui ne faisait qu'accroître votre colère. Pourtant, maintenant, ma sœur n'arrivait pas à identifier ce sentiment, juste son souvenir, et encore, quelque chose d'encore plus lointain. Tout ce qu'il lui restait à faire, dit-elle, c'était de laisser sa fille porter la même robe pendant plusieurs jours d'affilée, de coudre une nouvelle bande, de lui préparer quelque chose de chaud pour le dîner, de veiller sur elle sans la comprendre tout à fait, et de la consoler, même sans y parvenir vraiment.

D'une voix lasse, elle me demanda comment se passait le séjour. Je savais qu'elle préparait sa dernière série d'examens en médecine, ceux qui l'aideraient à se spécialiser, et dont je ne pouvais imaginer l'ampleur et la complexité.

Je lui dis que je ne savais pas trop. Je n'arrivais pas à dire si notre mère était ici parce qu'elle le voulait, ou si c'était quelque chose qu'elle faisait pour moi.

Au dîner, ma mère m'avait interrogée sur ma vie. J'avais dit que Laurie et moi nous posions la question d'avoir ou pas des enfants. Ma mère dit que nous devrions en avoir, que les enfants étaient une bonne chose. Sur le moment, je fus d'accord avec elle. Mais ce que je voulais vraiment dire, c'était qu'on en parlait souvent, en préparant le dîner, en allant faire les courses ou en buvant du café. Nous avions abordé tous les aspects de la chose, chacun y allant d'un petit détail réaliste, passant en revue des centaines de possibilités différentes, comme des physiciens perdus dans d'interminables conjectures. Serions-nous blessants quand nous serions tous deux épuisés et en manque de sommeil ? Comment gagnerions-nous notre vie ? Comment resterions-nous épanouis tout en demeurant complètement dévolus l'un à l'autre ? Nous avions interrogé nos proches, qui s'étaient montrés francs et honnêtes.

Certains dirent qu'il était possible de s'en sortir, surtout quand les enfants grandissaient. D'autres dirent que tous les points faibles de notre relation seraient mis à nu. D'autres néanmoins répondirent que c'était une expériencc euphorique, à condition de s'y abandonner. Et pourtant, ces propos prévenants étaient vains, car au final il était impossible de comparer une vie à une autre, et on se retrouvait toujours globalement là où on avait commencé. Je me demandais si ma mère s'était déjà posé ces questions, si elle avait déjà eu ce luxe. Je n'avais jamais spécialement voulu d'enfants, mais maintenant j'en sentais la possibilité, aussi belle et fuyante qu'un poème. Une part de moi se demandait si c'était normal, ne pas savoir, n'être pas sûre. Laisser la vie se dérouler en un sens, et y voir là peut-être la plus profonde vérité, à savoir qu'on ne contrôlait rien ni personne, même si en fait je n'en savais rien non plus.

Ma mère avait dit qu'elle voulait acheter quelque chose pour les enfants de ma sœur, et le lendemain nous sommes allées dans un grand magasin où elle a passé du temps à arpenter attentivement les allées. Au rayon enfant, elle hésita entre une chemise grise et une chemise bleue, entre un grand et un petit sac à dos. Elle tint chacune de ces choses devant moi comme si j'étais un miroir et me demanda ce que j'en pensais. Je lui dis que j'aimais bien la chemise bleue et le gros sac à dos, même si je savais qu'en réalité il était impossible de prévoir ce qu'aimeraient les enfants de ma sœur, puisque leurs préférences changeaient constamment de façon imprévisible, comme mues par d'autres lois auxquelles nous n'entendions rien. Ce qui était précieux et absolument nécessaire une semaine était rejeté la suivante et, de même, ce qui avait été négligé brutalement devenait de nouveau la chose préférée. À la caisse, le vendeur emballa soigneusement les cadeaux, dans du papier de soie couleur bonbon, puis dans des boîtes fermées par de délicats rubans. Je voyais bien que ma mère était contente, même si je me disais que ma nièce et mon neveu manqueraient sûrement de patience devant ces emballages, qu'ils les déchireraient probablement.

La veille au soir, nous étions retournées à la gare en empruntant les petites rues qui suivaient la courbe de la voie ferrée. Les trottoirs étaient sombres, la nuit dense, comme la canopée d'une forêt, mais en chemin nous vîmes encore quelques boutiques ouvertes, leurs lumières brillant telle la lampe d'une petite maison dans une vallée, vue de loin. Des vélos étaient garés devant, et une ou deux lanternes en papier rouges étaient suspendues à certains auvents en bois. Je dis à ma mère qu'il y avait une bonne librairie sur le chemin, que je la savais encore ouverte à cette heure-ci, et que je souhaitais m'y arrêter. J'y étais déjà entrée avec Laurie. Le père de ce dernier était sculpteur et c'était surtout par Laurie que j'avais découvert l'art, même si, globalement, j'en savais encore fort peu. Lors de cette première visite, nous avions été étonnés de découvrir une telle collection de livres d'art d'occasion, à la fois en anglais et en japonais.

Je reconnus la boutique et poussai la porte au son d'une clochette. À l'intérieur, c'était aussi calme et silencieux que dans une bibliothèque. Un morceau de piano était diffusé et, au bout d'un moment, je reconnus quelques mesures. C'était la chanson que j'avais entendue quand j'étais étudiante et avais traversé le conservatoire de l'université un soir, au cours d'un de ces moments étranges et solitaires, légèrement abstraits, où un fragment de musique peut sembler particulièrement beau. Une lampe dispensant une lumière laiteuse avait été disposée sur le comptoir, donnant l'impression d'une grande bougie. J'errai dans les rayons, en regardant les titres. Au fond, dans la section consacrée aux peintres, je trouvai un gros livre relié sur les paysages, avec un chapitre sur des tableaux que j'avais déjà vus du temps de mes études. À l'époque, je croyais qu'il s'agissait d'esquisses, faites à l'aquarelle ou à la craie. C'était parce qu'elles donnaient juste l'impression très vague de montagnes et de plages, de routes et de falaises et de lacs, si bien que tout semblait informe, ou fantomatique, comme arraché à un souvenir ou à un rêve. On aurait dit que l'artiste les avait étalés sur le papier avec ses doigts, ou que les tableaux avaient été plongés dans l'eau juste après avoir été achevés, ne laissant que des taches nébuleuses de couleur et d'encre. Ce n'est que bien plus tard que j'appris que l'artiste en question était surtout célèbre pour ses autres peintures – de danseuses, de baigneuses. J'appris également que ces paysages n'étaient pas uniquement réalisés à la peinture, mais au moyen d'un genre d'impression, avec huiles, plaques et papier, finis souvent au pastel, et que c'étaient ces deuxième et troisième impressions qui leur donnaient cette qualité d'oubli, comme des choses aperçues derrière la vitre d'un train en marche, et dont on a gardé le souvenir. Je fis signe à ma mère de me rejoindre, pour lui expliquer la méthode de leur création afin qu'elle ne fasse pas la même erreur que moi. Je trouvai d'autres livres et lui montrai quelques œuvres que j'admirais et pensais qu'elle aimerait, des sculptures ainsi que des gravures qui cherchaient à capturer l'essence de la vie, de la naissance, de l'espoir ou du désespoir. Pour chacune, j'expliquai le contexte, l'intention, et aussi les circonstances dans lesquelles elle avait vu le jour. Je lui demandai si elle voulait que je lui achète quelque chose. Elle dit que ce n'était pas la peine, qu'elle ne savait pas quoi choisir. Je lui dis qu'elle pouvait prendre ce qu'elle voulait, qu'elle n'avait qu'à choisir ce qui l'attirait le plus, mais elle semblait hésiter à ne serait-ce que toucher un livre, préférant en désigner un, comme au hasard, disant *celui-ci*, sa voix suggérant une question. Je finis par choisir pour elle, un mince volume d'histoire de l'art rédigé par un auteur anglais. La femme à la caisse avait environ mon âge et, tout en enregistrant l'article, me posa quelques questions sur mon choix puis sur moi-même. Je lui expliquai d'où nous venions, et que je visitais le Japon avec ma mère. Nous avons un peu parlé de l'artiste, et elle me raconta qu'elle avait fait ses études à Londres, mais s'était rendue également au Maroc et au Bhoutan. Elle nous souhaita une bonne continuation et me tendit le livre dans un sac en papier fermé par une ficelle rouge, que je remis à ma mère.

Après avoir quitté le grand magasin, nous avons pris le train pour nous rendre dans un des quartiers d'affaires de la ville, jusqu'à une galerie située au cinquante-troisième étage d'une tour de cinquante-quatre étages. L'immeuble avait été construit sur une vaste colline et sa façade, bleu-vert et réfléchissante, avait été apparemment conçue pour ressembler à une armure de samouraï. Du sommet, on avait vue sur tout Tokyo. Les murs étaient en acier et en verre, et en dessous de nous la ville rayonnait dans tous les sens : tapie, lunaire et, sous un certain éclairage mauve, d'un blanc crayeux. Une fois dans la galerie, on nous indiqua une petite file d'attente et on nous demanda d'ôter nos chaussures et de patienter. Toutes les vingt minutes environ, des groupes de dix ou douze personnes étaient admis dans ce qui ressemblait à une salle sombre et silencieuse. Un gardien arriva et nous montra un plan de la pièce sur une tablette en nous expliquant qu'à l'intérieur l'obscurité serait complète, mais que nous pourrions nous diriger en laissant courir nos mains contre les murs. Nous arriverions alors à des bancs, où nous pourrions nous asseoir. Quand notre tour vint, nous fîmes comme on nous l'avait demandé. Je ne voyais rien du tout, pas le moindre détail devant moi, pas même un contour. L'obscurité faisait que nous restions silencieux, comme dans l'expectative, mais une expectative légèrement insupportable. Je pensai à ma sœur, sans doute en train de travailler en ce moment même dans son service. À côté de moi, deux touristes français éclatèrent de rire, incapables de se contenir plus longtemps. Puis un petit carré de lumière orange apparut au loin. Il était aussi pâle que l'aube et, comme l'aube, nous dûmes attendre longtemps avant de pouvoir le voir pleinement. Finalement, la lueur grandit, gagna en éclat, mais si lentement qu'il était impossible d'avoir vraiment conscience de ses changements. C'était dû également au fait qu'il s'agissait de la seule chose visible dans la salle, aussi ne pouvions-nous pas nous empêcher de fixer intensément ladite lumière. Au bout d'un long moment, on nous annonça que nous pouvions nous lever et nous approcher. Je me mis en marche lentement. Mes yeux commençaient à s'accommoder et la salle semblait à présent d'un bleu foncé, impénétrable, comme le bleu d'un soir, et il fut soudain difficile de faire confiance à ce que je distinguais devant moi. Le sol semblait se dresser au même niveau que mon visage. Je vis en me rapprochant que la lumière provenait non d'un écran, comme je l'avais cru, mais d'un carré parfaitement découpé dans le mur, qui lui aussi avait échappé à mon attention. Dans le café de la galerie, nous avons trouvé une table pour deux face à la fenêtre et j'ai commandé deux « gâteaux images » inspirés de l'exposition, et deux thés verts. Tout en mangeant, j'ai demandé à ma mère ce qu'elle avait pensé de l'œuvre que nous venions de voir et elle leva les yeux vers moi, brièvement paniquée, comme sommée de donner une réponse à une question qu'elle ne comprenait pas. Je lui dis qu'il n'y avait pas de problème, qu'elle devait se sentir libre de répondre sincèrement, de me livrer ses pensées. Je dis que si elle avait encore de l'énergie, il restait une autre galerie que je voulais qu'on visite, à quelques stations d'ici. En fait, la galerie était un peu plus loin que je ne l'avais dit. Je voyais bien que ma mère était fatiguée. Tout ce que j'avais à faire, c'était de lui dire de ne pas s'inquiéter, qu'on en avait vu assez pour aujourd'hui, et qu'on pouvait rentrer se reposer à l'hôtel. Mais pour une raison inconnue, je laissai planer ma question, et agir ainsi revenait à exercer une douce mais ferme pression. Au bout d'un moment, elle hocha la tête, je l'imitai et nous débarrassâmes nos assiettes.

L'exposition réunissait des œuvres de Monet et de quelques autres impressionnistes. Le bâtiment était bondé et mal éclairé, beaucoup de tableaux étaient présentés dans des cadres surchargés. Mais chacun contenait un monde en soi, des villes et des ports, des matins et des soirs, des arbres et des sentiers et des jardins et une lumière sans cesse changeante. Chacun montrait non le monde tel qu'il était mais une version du monde tel qu'il pourrait être, des suggestions et des rêves, lesquels, comme toujours, transcendent la réalité et sont donc fascinants. Je restai avec ma mère devant l'un des principaux tableaux de l'exposition et lui dis que, oui, je croyais comprendre.

Un peu plus tôt, elle m'avait interrogée sur un livre que je lisais, et j'avais expliqué que c'était la réécriture moderne d'un mythe grec.

Je dis que cela faisait longtemps que j'adorais ces récits. C'était en partie parce qu'ils détenaient une qualité métaphorique éternelle dont on pouvait se servir pour décrire à peu près tout dans le monde : l'amour, la mort, la beauté, la peine, le destin, les guerres, la violence, la famille, les serments, les funérailles. Je dis que c'était un peu comme les peintres autrefois avec la chambre noire : en regardant indirectement la chose qu'ils voulaient observer, ils étaient parfois capables de la voir encore plus nettement qu'avec leurs propres yeux. Je dis que j'avais passé une année à la fac à étudier ces textes. Lors d'un des premiers cours, nous avions repoussé les tables et disposé nos chaises en un grossier demi-cercle afin d'écouter la prof nous parler de la guerre de Troie. Je dis que comparé à la rigidité de l'école catholique que nous avions fréquentée, celle où notre mère avait tout fait pour qu'on s'inscrive, et où on n'avait pas le droit d'avoir ne serait-ce qu'un bouton défait au chemisier ou les cheveux au-dessus du menton, ce geste en soi semblait révolutionnaire. Tout le reste du semestre, la prof nous parla des Grecs, nous expliquant que certaines de leurs meilleures pièces traitaient de leur culpabilité en tant que société esclavagiste, où les femmes n'avaient pas droit non plus à la parole, et surtout de la culpabilité qu'ils ressentaient à l'égard de ce qu'ils avaient fait subir à Troie. Leurs remords étaient tels qu'ils s'emparèrent de cet épisode, qui aurait pu disparaître de l'histoire des hommes, pour en faire leur art tragique le plus durable. La prof nous dit qu'à l'époque, un peu comme aujourd'hui, une grande partie de leur littérature et de leur gouvernement était fondée sur les lois sacrées de l'hospitalité. Les Troyens avaient d'abord enfreint cette loi en ravissant Hélène, puis les Grecs eux-mêmes leur avaient rendu la pareille avec l'offrande fatale du cheval de bois, sans compter tous les autres affronts qui eurent lieu au cours de leur histoire. Elle nous dit que ces sentiments étaient encore très vivants en nous aujourd'hui. Puis elle parla de sa propre enfance, pendant laquelle sa mère avait tenu plus ou moins le compte tacite des choses données et reçues, non seulement avec les amis mais parmi les membres de la famille. Elle se souvenait des cadeaux que sa mère avait apportés chaque fois qu'ils se rendaient chez des proches, une formalité qu'adolescente elle avait souvent trouvée infernale. Sa mère commentait toujours les choses qu'on lui offrait en retour, les pesant comme la justice sur une balance invisible. Pendant toute son enfance, ils avaient vécu dans une vaste demeure et reçu de nombreux invités, mais rien n'était fait sans procéder à ce comptage, dont personne ne parlait et, une fois adulte, elle avait dû faire de grands efforts pour éradiquer les calculs similaires qui se déployaient dans son esprit.

Cette année-là, j'étais avide de tout ce que disait la prof, de tous les livres et toutes les pièces dont elle parlait en cours. J'étais fascinée par la façon dont les personnages s'exprimaient en longs monologues figuratifs, donnant libre cours à leur colère et leur peine avec une précision qui aurait été impossible en toute autre circonstance ordinaire. Je fus choquée, aussi, d'apprendre que plusieurs de mes condisciples avaient déjà lu ces textes, et connaissaient bien leurs théories et interprétations. À leurs yeux, l'enseignante ne professait rien d'exceptionnel, elle ne faisait que répéter des idées déjà anciennes. Non seulement ça, mais ils semblaient connaître également des tas d'autres choses : des films, des livres, des pièces et des artistes, dont ils lâchaient les noms dans la conversation avec une aisance révélatrice. Le jour où une fille de ma classe parla d'un film particulier en rapport avec Antigone, elle le fit avec une grande fluidité, un grand naturel, ses yeux se promenant sur la classe comme pour voir si d'autres étudiants connaissaient ce nom. Quand ses yeux se posèrent sur moi, je baissai immédiatement la tête. Comment pouvaient-ils connaître tous ces gens, toutes ces œuvres ? Comment avaient-ils fait pour réussir à lire et regarder autant de livres et de films en seulement quelques mois ? La fille en savait long sans paraître s'en donner la peine, et elle paraissait complète, définie d'une manière qui m'était étrangère.

La prof avait parlé du savoir comme d'un élixir, et je dis à ma mère que c'était là une chose en laquelle je croyais moi aussi. À l'école catholique, ma sœur et moi avions toutes deux travaillé d'arrache-pied. Quand je tombais sur quelque chose que j'ignorais, je lisais et relisais simplement tout ce que je pouvais jusqu'à ce que la chose en question ne recèle plus aucun mystère à mes yeux. De la sorte, j'étais comme une marathonienne, faite uniquement de volonté et de persévérance. À l'école, j'avais agi ainsi sans relâche, et cela avait marché. J'avais tout compris, et obtenu les meilleures notes dans chaque matière. Pour ces cours, je tentai de faire pareil. Je lus toutes les pièces, puis les livres sur ces pièces, puis les livres sur ces derniers. Je regardai des films, me renseignai sur les artistes, les metteurs en scène et les poètes. À chaque fois, c'était comme si je voyageais à la vitesse de la lumière, comme si j'avais passé toute ma vie dans une seule dimension, jusqu'à ce que la trame se déchire et que me soit révélé un tout autre univers. Chaque fois que je terminais un livre, j'avais l'impression d'être arrivée au bout, mais alors la même chose se reproduisait, encore et encore, une déchirure dans mes pensées, la chute dans un vaste espace inconnu, où l'air s'engouffrait et où tous mes sens étaient submergés. C'était comme si ce savoir était véritablement un élixir, une drogue. Et pourtant, quelque chose m'échappait. À la fin de l'année, j'avais beaucoup écrit sur ces textes, et je les connaissais aussi intimement que n'importe qui d'autre. Je les mentionnais moi aussi dans la conversation, pouvais moi aussi avoir de l'assurance, et mes pensées semblaient rapides et pleines. Mais je sentais qu'il y avait autre chose, une chose fondamentale, que je ne comprenais pas.

À la fin de l'année, l'enseignante annonça qu'elle allait donner une fête chez elle pour quelques-uns de ses collègues et plusieurs étudiants. Elle dit que ses enfants seraient là, et que nous étions nous aussi invités. J'étais alors fascinée par cette enseignante, par la façon dont elle parlait, son savoir, ses gestes. Elle ne semblait mettre aucune barrière entre l'universitaire et le personnel, et nous disait régulièrement en cours des choses que je trouvais, du fait de mon éducation catholique, à la fois choquantes et attirantes. Elle nous déclara un jour que la maison de son père avait été inondée pendant le week-end lors d'un terrible orage. Tout était fichu, dit-elle. Ils avaient pataugé dans les débris pour récupérer ce qu'ils pouvaient – livres, bijoux, albums photo. Elle avait accueilli son père et sa compagne comme si c'étaient des réfugiés, récupérant des vêtements et de la literie auprès d'amis. La perte se lisait sur son visage. Elle ne cherchait pas à cacher sa peine, qui devait être également celle de son père, et cela me surprit, le fait qu'elle ne fasse rien pour la dissimuler, qu'elle n'ait pas honte du drame, comme cela aurait été le cas pour ma famille, mais l'habite avec colère et tristesse, comme si c'était la dépouille d'un gros animal qu'elle venait de tuer. Je voulais à tout prix lui plaire, gagner son approbation. J'étudiais d'arrache-pied et quand je rédigeais mes dissertations, je ne les écrivais pas juste pour décrocher une bonne note, je m'efforçais d'y ajouter de la profondeur et des nuances en pensant à elle. En même temps, j'avais peur que mon ardeur ne paraisse excessive, et que loin de l'impressionner, ça la pousse à me détester, aussi maintenais-je une façade calme, une réserve, qui comme je m'en aperçus paraissait me convenir.

Je ne savais pas si d'autres étudiants comptaient se rendre à la fête de la prof. Je traînai ma sœur dans des boutiques de notre quartier, pour me trouver une tenue adéquate. Je savais alors qu'on ne mettait pas de robe dans ce genre de soirée, ou du moins pas le genre de robe que j'avais déjà pu porter à des fêtes. Ici, il s'agissait de réussir à porter quelque chose d'à la fois décontracté et instinctif, qui se remarque mais ait l'air relativement improvisé. J'optai finalement pour un jean et un chandail rouge vif. Je me fis un vague chignon et achetai une bouteille de vin au magasin au bout de la rue.

La prof vivait en banlieue, près de la fac. Sa maison était plus grande que je ne m'y attendais. Elle était entourée d'un haut mur en béton recouvert de vigne vierge. Derrière le mur s'étendait un vaste et beau jardin, avec des allées pavées de vieilles briques et trois oliviers. Au milieu du jardin trônait une grande table en bois massif, pleine de mets et de boissons, comme dans les banquets et festins décrits dans les livres que nous avions lus et étudiés cette année-là. Un chien, beau et roux, courait gaiement, en se roulant sur l'herbe verte bien entretenue. Je restai là un temps, à regarder, assaillie par une odeur puissante et grisante, et je m'aperçus que je me trouvais au milieu d'un petit bosquet d'arbres fruitiers, aux branches desquels avaient été suspendues des lanternes en papier. Je finis par repérer la prof et lui tendis la bouteille, et elle me fit la bise sur les deux joues. Je regardai les autres bouteilles sur la table et compris que celle que j'avais choisie n'allait pas du tout, qu'au lieu d'un vin approprié à ce décor, j'avais pris quelque chose de ridicule, de sucré et enfantin. Mais ça ne parut pas déranger la prof. Je vis qu'elle portait des boucles d'oreilles incroyablement belles, longues et multicolores, qui encadraient son visage comme une coiffe. Je ne pus m'empêcher de le lui dire, elle sourit et me désigna un endroit où se trouvaient quelques élèves de ma classe. Je fus soulagée de les voir et me faufilai rapidement parmi eux, en déclarant, tout excitée, qu'on aurait dit la scène d'un film dont nous avions discuté ensemble. À l'époque, je voulais que chaque instant soit important ; j'étais devenue accro au déchirement de mes pensées, cette déchirure dans la trame de l'atmosphère. Si rien ne semblait produire cet effet, je m'impatientais, je m'ennuyais. Bien plus tard, je compris à quel point c'était insupportable : ce besoin de rendre chaque instant saillant, de voir du sens en toutes choses. Pourtant, mes autres camarades de classe semblaient dans le même état d'esprit. La conversation s'apparentait à une sorte de judo, un exercice en mouvement incessant. Je ressentais un petit sentiment de victoire quand j'arrivais à parler avec eux des livres et des films qu'il fallait. Et quand je parvenais à dire quelque chose d'unique sur eux, c'était comme si j'avais remporté une petite victoire. Nous parlions comme si nous dansions, et nous dansions jusqu'au délire. Tout était si beau, pensai-je, et peut-être l'exprimai-je à voix haute. Je n'arrivais pas à croire que ce monde existait, et que j'y avais accès.

Vers la fin de la soirée, je fis un tour du jardin puis entrai dans la maison. Il y avait des verres vides sur la grande table, et par terre des serviettes en papier froissées avec des taches violettes. Le chien se reposait dans un coin, la tête sur les pattes. Dans le verger, des trognons de pomme jonchaient la pelouse, certains récents, d'autres datant probablement de plusieurs jours, voire de quelques semaines. À l'intérieur, la musique s'était arrêtée mais on entendait encore le bruit des conversations calmes dans le jardin. Je ramassai les verres de vin au passage, versant le restant par terre. J'avais travaillé des années dans un restaurant et savais comment débarrasser une grande table. J'empilai les assiettes les unes sur les autres, déposai couverts et serviettes dessus, glissai les verres entre mes doigts en les prenant par la tige. Dans la cuisine, je jetai les restes de nourriture dans la poubelle et disposai les bouteilles de vin vides en un rang net. Puis je remplis l'évier d'eau chaude et de liquide vaisselle, lavai soigneusement verres et assiettes. L'eau fut bientôt sombre et trouble. La chaleur donnait à la pièce une odeur de vin vieux, épaisse et capiteuse. Je vidai l'évier et le remplis de nouveau d'eau propre et de savon, et lavai ce qui restait. Quand ce fut fait, j'empilai soigneusement les assiettes dans l'égouttoir pour qu'elles sèchent. Puis je trouvai une serviette et essuyai les verres jusqu'à ce qu'ils soient impeccables, avant de les aligner proprement sur le plan de travail. J'essuyai tout et essorai le chiffon. Puis je récupérai mon sac et m'en allai.

Le lendemain, la prof m'envoya un email pour me remercier d'avoir fait le ménage, me disant que je n'aurais pas dû. Elle me dit également qu'elle allait s'absenter quelques semaines pendant l'été, et me demandait si je voulais bien m'occuper de la maison et du chien. Je n'en croyais pas ma chance, retourner dans sa maison, mais cette fois-ci toute seule. Quand vint l'été, je mis quelques affaires propres dans un sac, sortis de son enveloppe jaune la clé que la prof m'avait donnée la semaine d'avant. Comme j'arrivais dans la même rue, la maison me parut encore plus grande que la fois précédente. J'ouvris le portail avec la clé et poussai les battants, dérangeant la vigne vierge qui escaladait le mur intérieur. Le chien bondit vers moi et je le laissai me renifler les mains un moment avant de me baisser et de caresser sa belle tête plate. Quand je grattai l'endroit doux et chaud derrière ses oreilles, il ferma à demi les yeux, comme légèrement hypnotisé. Je déposai mon sac près de la porte et allai de pièce en pièce, en observant tout. À la lumière du jour, je vis que les plafonds étaient très hauts et que la lumière se déversait par certaines fenêtres pour éclairer les murs, comme les alcôves nues d'un musée d'art contemporain. Une grande et généreuse coupe à fruits était posée sur le plan de travail de la cuisine, l'air d'attendre simplement qu'on la remplisse de prunes, de pommes ou de grappes de raisin. Il y avait des livres de recettes dans les vitrines ainsi que des ustensiles propres et modernes que je n'avais encore jamais vus, comme une machine à pâtes, un mortier et un pilon, ou une poêle plate mais lourde avec une poignée recourbée de chaque côté. Nombre de murs étaient recouverts de bibliothèques du sol au plafond, et elles étaient pleines de livres. J'en connaissais quelques-uns, seulement de nom, mais il y en avait aussi beaucoup dont je n'avais encore jamais entendu parler. Tout un pan était consacré à la littérature grecque, un autre était en français, et je m'aperçus que la prof devait parler couramment ces deux langues pour pouvoir les lire. Je me dis qu'il était dommage de ne rester ici que deux semaines : j'aurais pu passer des mois à lire tous ces livres, et peut-être aurais-je alors approché la qualité que semblait posséder mon enseignante, ou la fille de ma classe.

Au cours des jours suivants, je fus à la fois l'hôtesse et l'invitée. Je promenai le chien sur les chemins longeant le fleuve et dans le parc, le laissant me guider à sa guise, attendant qu'il ait senti et exploré à satiété. Je passai en revue les livres de cuisine et mis des signets aux recettes que je voulais tester, recopiant soigneusement la liste des ingrédients sur un bout de papier. Puis, le lendemain, je me rendis au marché du coin, en tirant un caddie que j'avais trouvé dans la maison, et qui semblait une version améliorée de ceux qu'on trouvait dans les boutiques près de chez nous, le genre d'endroit qui vendait des tapis de sol, des serpillières ou des seaux de couleur empilés. Je cuisinai un nouveau plat chaque soir, en suivant méticuleusement les instructions, comme si elles étaient réservées à une expérience détaillée en laboratoire, appréciant le poids des lourdes poêles et des sauteuses, la façon dont la hotte, qui était tellement silencieuse que je me demandais parfois si je l'avais mise en marche, avalait la vapeur de l'eau bouillante si efficacement qu'on aurait dit de la magie. Il y avait de nombreux bols différents dans les placards et toutes sortes de couverts, mais pour une raison inconnue, je choisissais toujours les mêmes et m'asseyais sur le même tabouret au bout du comptoir, plutôt qu'à la grande table ou aux petites tables près du jardin d'hiver, comme si je tenais à rendre ma présence dans la maison la plus légère possible. Je me servais parfois un verre de vin et baissais les lumières, ou alors passais un disque, en montant le volume pour que la musique emplisse toute la maison. S'il faisait chaud, j'ouvrais les fenêtres et, ces soirs-là, l'odeur des lilas qui poussaient devant l'enceinte me parvenait du jardin, se mêlant à la musique et à mon modeste repas en solitaire.

Ne perdant pas de vue le rôle de l'hôte, je veillais à ne pas fureter dans les penderies ou ouvrir ce qui semblait privé. Mais je laissais mes yeux se balader librement sur les surfaces de la maison, qui étaient pleines d'objets et de peintures que la prof avait rapportés de ses voyages. La maison était comme un musée, et tout en passant chaque chose en revue, j'avais l'impression que tout avait été choisi très soigneusement, que chaque objet parlait à sa façon de la prof, ou de sa famille, des choix qu'ils avaient faits, et du sens qu'ils donnaient à leur vie, même si je n'aurais su expliquer le comment de la chose.

L'enseignante m'avait dit que je pouvais inviter des gens et donc, au milieu de mon séjour, je demandai à ma sœur et quelques camarades de classe de venir. Je préparai plusieurs plats que j'avais déjà réalisés à partir de livres de cuisine, et les apportai sur la grande table en bois du jardin. Pendant le repas

– peut-être parce qu'il faisait beau et que le verger était paisible, peut-être aussi parce que nous étions toutes jeunes, buvions et parlions et riions, et parce que j'avais attaché mes cheveux en arrière avec un foulard aussi bleu que le service de Delft bleu cobalt – j'eus une fois de plus la sensation de nous voir comme une image dans un film, ou une photographie, et cette sensation allait de pair avec une impression de satisfaction, et de clarté. Dans la cuisine, je trouvai plusieurs petits bols bleu et blanc, semblables à ceux que nous avions dans notre maison, avec une bordure décorative et ce qui ressemblait à des grains de riz transparents disposés en motif floral sur les côtés. Je m'en servis pour apporter le dessert cantonais sucré-salé que j'avais concocté, qui était une recette de ma mère, la seule que j'avais faite pendant mon séjour.

Vivre ici était généreux et chaleureux, et je me sentais de plus en plus chez moi de jour en jour. Le dernier soir, je remplis la grande baignoire avec de l'eau chaude, presque brûlante, et y laissai tomber quelques gouttes d'huile ambrée. Je m'allongeai dans la baignoire, le chien couché par terre à côté, jusqu'à ce que l'eau refroidisse, puis je refis couler de l'eau chaude en tournant le robinet avec mon pied pour que la température remonte. Je fis cela pendant presque deux heures, jusqu'à ce que l'eau arrive presque au bord, menaçant de déborder, avant d'ôter la bonde à contrecœur et de sortir du bain.

Après ça, j'envoyai un email à l'enseignante pour la remercier de mon séjour et lui dire que tout avait été agréable et facile. Ce que je ne lui dis pas, c'est qu'aussi agréable que cela avait été, quelque chose avait continué de m'échapper, à la fois là-bas et après mon départ, une sensation dont je n'arrivais pas à me défaire. De retour chez moi, je fus un temps troublée. Je repris mon train-train : je m'inscrivis à un cours d'été, lus d'autres livres, rédigeai d'autres dissertations, et me promenai dans le campus quasi désert, où seule demeurait une poignée d'étudiants et de profs. Quand le restaurant rouvrit après une courte pause, je repris mon travail de serveuse, m'y rendant en soirée et rentrant tard, dînant d'un simple plat de riz nature avec les restes que nous avaient laissés les cuisines vers minuit, avant de m'écrouler sur mon lit. Je me rendais parfois au marché avec ma sœur ou ma mère, et ensemble nous cuisinions les plats que nous avions préparés toute notre vie. Tout en mangeant, nous ne parlions ni des Grecs, ni des langues, ni des films comme l'avaient fait mes camarades de classe chez l'enseignante, mais plutôt du repas, depuis la fraîcheur des ingrédients jusqu'à leur coût modique. Je ne mentionnais pas les différentes choses que j'avais vécues dans la maison de l'enseignante, le fait que je sois restée, dans une solitude quasi décadente, avec mon unique verre de vin chaque soir, à repenser à la journée. D'une certaine façon, c'était comme si je vivais ma vie en spectatrice. Je maniais des objets qui m'avaient appartenu depuis longtemps – des vêtements, du maquillage, des livres – et c'était parfois comme s'ils n'étaient pas à moi mais à une inconnue. Je regardais le pot blanc aux petits pieds, celui dans lequel avait poussé autrefois un bonsaï, et pendant un court instant je le méprisais. Je regardais les petits bols bleu et blanc dans notre cuisine. Nous avions coutume de manger dans ces bols. C'était exactement les mêmes que ceux de l'enseignante, et pourtant ils étaient complètement différents. Je m'aperçus que le problème venait en partie de ce que je voyais ces objets, les remarquais vraiment, alors qu'avant je ne leur aurais pas accordé plus d'attention que ça, même si j'ignorais encore pourquoi et dans quel but. Puis un jour une pensée me vint. Je compris que la maison de l'enseignante était comme un musée, ou comme certains cours d'histoire : une ligne lisse et fluide. Notre maison, par contraste, était comme un tableau post-moderne, un fatras de couleurs, de bruits et d'objets que j'avais dû, longtemps, tenter de faire taire, d'oublier, et dont je ne pouvais m'empêcher d'avoir vaguement honte. Je ne voyais pas comment formuler les choses autrement. Il n'y eut guère de changement après ça, si ce n'est que pendant une longue période, j'arrêtai également de lire les auteurs grecs. Quand je me remis à les fréquenter, beaucoup plus tard, je fus presque déçue de découvrir qu'ils me passionnaient encore.

Entretemps, j'avais également appris l'histoire des bols bleu et blanc, qui avaient existé sous une forme ou une autre à la fois chez moi et chez l'enseignante. Je feuilletais un livre sur l'art d'Extrême-Orient chez une amie d'amie, que je ne connaissais pas bien, quand soudain j'étais tombée sur une image de deux vases également bleu et blanc. Les autres personnes présentes discutaient dans la cuisine, mais j'avais cessé de tourner les pages, absorbée par l'image. Je reconnus immédiatement le motif, sauf que ces récipients présentaient une nette différence : les formes étaient plus délicates, avec des courbes lisses et des lignes élégantes, le blanc plus laiteux, le bleu plus clair et plus pâle, comme appliqué au pinceau. J'appris ainsi que la porcelaine était fabriquée en Chine depuis des siècles, et qu'on en faisait le commerce non seulement en Europe mais également au Moyen-Orient, qu'elle apparaissait dans les tableaux de Rembrandt van Rijn, ou sous forme de tablettes où étaient gravés des vers du Coran.

J'appris que, pendant longtemps, la porcelaine avait été très recherchée, en partie parce que le secret de sa fabrication demeurait un mystère. Les marchandises étaient exportées en Europe et certaines se retrouvaient dans des demeures hollandaises ou dans l'iconographie chrétienne à côté de pétales de lotus et d'accessoires traditionnels *ruyi*. Ces derniers, fabriqués spécialement sur commande, portaient le nom de « Chine de commande ». Plus tard, le secret de la fabrication de la porcelaine fut découvert en Allemagne, et en Angleterre, et la porcelaine chinoise devint moins rare et moins recherchée.

Je me tournai vers ma mère, qui regardait toujours le tableau de Monet, un tableau qui se trouvait être une de ses œuvres les plus célèbres. Elle se balançait légèrement d'un pied sur l'autre, comme au son d'une musique, ou comme si elle était très fatiguée. Je lui dis qu'à moi aussi il m'arrivait de ne pas comprendre ce que je voyais dans les galeries, ou lisais dans les livres. Même quand je sentais qu'on attendait de moi que j'aie une opinion, surtout une qui se puisse exprimer clairement, et qui en général était indissociable d'une certaine éducation. Ça permettait de parler d'histoire et de contexte, ce qui ressemblait beaucoup à une langue étrangère. Pendant longtemps, j'avais cru à cette langue, et j'avais fait de mon mieux pour la parler couramment. Mais je lui dis que, parfois, de plus en plus souvent en fait, je commençais à sentir que ce genre de réaction était fausse elle aussi, une performance, et non celle que je recherchais. Parfois, je regardais un tableau et ne ressentais absolument rien. Ou si je ressentais quelque chose, c'était seulement intuitif, une réaction, rien qui puisse s'exprimer par des mots. Il était normal, dis-je, de reconnaître quand c'était le cas. L'important c'était de rester ouvert, d'écouter, de savoir quand parler et quand ne rien dire.

Nous avons traversé le cimetière d'Aoyama. Les fameux cerisiers étaient nus, et tout autour de nous les pierres tombales donnaient l'impression de petits autels. Elles ressemblaient moins à des tombes qu'à des maisons et des concessions pour petits esprits et, de fait, certaines étaient entourées par ce qu'on aurait pu qualifier de portails ou de palissades, alors que d'autres étaient ornées de minuscules lanternes en pierre, ou de vases en pierre, dans lesquels avaient été placées des fleurs. Des pierres, de la mousse, des feuilles balayées, des inscriptions sur des poteaux en bois. Bizarrement, ça me fit penser à une forêt ou un monastère. Un peu plus tôt, nous nous étions rendues dans un vaste musée en plein air dans le parc Koganei, où de vieilles maisons japonaises avaient été transportées et rebâties, afin de donner une idée de ce qu'était la vie à l'époque Edo. Dans l'une d'elles, une femme nous invita à nous asseoir et nous servit du thé brûlant dans une casserole, posée sur un simple feu de bois. Le goût était floral, mais pas exactement sucré. Je regardai dans ma tasse et vis une fleur rose. La femme dit que le thé était fait avec des pétales de *sakura*, qui avaient été conservés dans le sel. En regardant autour de nous, le plancher nu, le poêle à bois, ma mère dit que ça lui rappelait la maison de son enfance. Comment était-ce possible, alors que la maison avait plus de deux cents ans ? Mais je savais qu'elle parlait du plancher nu, de la cuisine toute simple, sans électricité, de la pénombre. On trouvait encore ce genre de rues à Hong Kong, des vestiges de petits villages, entassés dans les espaces entre gratte-ciel, ou sur les toits, avec des câbles électriques et des cordes à linge tendues entre les maisons. Elle m'avait raconté un jour que, quand elle était petite, elle avait vu un homme sauter d'un balcon au cinquième, et une autre fois un chien se faire battre sur le bas-côté de la route.

Je songeai alors qu'à l'âge que j'avais aujourd'hui, ma mère avait déjà recommencé sa vie dans un nouveau pays. Elle était déjà devenue mère d'un autre bébé, et pouvait compter sur une seule main le nombre de fois où elle était retournée à Hong Kong voir sa famille. J'essayai, mais en vain, d'imaginer ses premiers mois là-bas. Avait-elle eu le mal du pays ? Avait-elle été impressionnée par les rues, les maisons en briques et bardages, si différentes de sa propre maison ? Avait-elle été épuisée non par les grands bouleversements, mais, comme c'est souvent le cas, par d'innombrables et plus petits changements – les supermarchés qui étaient bien achalandés, mais où on ne trouvait pas de vermicelles de soja, ni le bon type de riz ; les maisons où le porridge était quelque chose de simple et insipide, fait avec de l'avoine et du lait et non avec des ciboules finement émincées, des pousses de bambou, et des œufs de cent ans tout noirs ; les routes où les automobilistes l'invectivaient quand elle traversait la rue, pour des raisons qui la dépassaient ; le caissier de la banque incapable de comprendre son anglais colonial et imparfait ?

Après avoir bu le thé, nous sommes allées dans de vieux bains publics. La salle était divisée par un muret, une partie pour les femmes, une autre pour les hommes. Les bassins étaient profonds et carrés, recouverts de carreaux bleu pâle. Le long des murs, il y avait une série de robinets et de miroirs où, expliquai-je, assises sur de petits tabourets, les femmes pouvaient se laver d'abord avant d'entrer dans les grands bassins. Au-dessus, il y avait une grande fresque avec des cieux bleus, des montagnes, de la végétation, des nuages, et un grand lac bleu, aussi beau et simple qu'une illustration dans un livre d'images pour enfant. Ma mère se leva pour l'examiner, en tordant le cou et soupirant, comme si ce n'était pas un mur peint mais un vaste et agréable paysage. Je pris une photo de la fresque, dont les couleurs me rappelaient les affiches utilisées pour promouvoir des événements sportifs comme les Jeux olympiques dans les années soixante et soixante-dix, puis d'un des carreaux bleus, et lui demandai si elle voulait visiter un des bains à Tokyo avec moi. Je dis que je m'y étais rendue lors de mon dernier voyage et que j'avais aimé cette expérience, toutes les femmes et les enfants se baignant ensemble. Elle dit qu'elle n'avait pas apporté son maillot de bain et je lui répondis que ce n'était pas grave, les maillots de bain n'étaient pas autorisés. Ma mère sourit et secoua la tête. Je pensai aux bébés et aux jeunes enfants qui, là-bas, se cramponnaient à leurs mères pendant qu'elles les lavaient, versant de l'eau sur leur tête tout en protégeant leurs yeux avec la main ; elles ne se sentaient pas vraiment séparées d'eux, mais faisaient encore partie du même corps, du même esprit. Il y avait eu, je le savais, une époque où ma sœur et moi avions éprouvé la même chose. Lors de ce voyage, ma mère était souvent habillée et prête avant moi. Si jamais je me réveillais et la voyais sortir du lit en pyjama, elle se rendait vite à la salle de bains pour se changer, en s'inclinant légèrement, à la japonaise, avant de fermer la porte.

Nous prîmes tôt un train pour Ibaraki, nous rendant à pied à la gare avec nos valises à roulettes ; le ciel était couvert et presque aussi sombre que la salle dans la galerie la veille. Sous nos pieds, la chaussée semblait vaguement luire, et nous croisâmes plusieurs personnes qui allaient travailler, vêtues de longs manteaux marron au col remonté ou portant de minces serviettes. Je dis à ma mère que nous avions aujourd'hui plusieurs heures de voyage, et ferions un petit détour pour ne voir qu'une seule chose. J'avais eu peur que le train parte sans nous, ce qui aurait signifié rater d'autres correspondances, et nous avions quitté précipitamment l'hôtel. Mais en fait nous arrivâmes largement dans les temps. Je regardai le panneau d'affichage et remarquai qu'un train précédant le nôtre serait là d'ici quelques minutes. Je demandai à ma mère d'attendre avec nos bagages et allai vite à un distributeur de billets à l'autre bout du quai. Il me semblait me rappeler qu'il était possible d'échanger des billets avec une de ces machines afin de prendre un train partant plus tôt, mais j'étais également consciente que ça risquait d'être juste. Je savais que ma mère serait légèrement inquiète qu'on soit séparées pendant ce court instant, que malgré son calme apparent elle aurait envie que je me dépêche. J'insérai nos billets et essayai de naviguer dans le menu, en appuyant sur divers boutons pour trouver l'option langue anglaise, consciente que le train n'allait pas tarder. Je passai rapidement d'un écran à l'autre, la machine accepta finalement les billets et, après une longue pause, m'en imprima de nouveaux. Je m'en saisis et allai retrouver ma mère en courant, qui me fit signe de presser l'allure, alors que le train entrait en gare.

Quand nous eûmes trouvé nos places, ma mère prit mon manteau et le suspendit à un des petits crochets en plastique encastrés dans le mur du wagon qui s'abaissaient, tandis que je hissais nos affaires sur le porte-bagages. Je lui demandai si elle voulait que je lui passe un des livres que j'avais apportés, ou bien le journal que j'avais pris à l'hôtel ce matin-là, mais elle secoua la tête et dit qu'elle était contente de regarder le paysage. Elle se tint très droite, les mains sur les genoux, et observa par la fenêtre le paysage qui défilait. Le train allait si vite que tout était flou, une impression de couleurs et de lignes, telle qu'il aurait été impossible d'apprécier le moindre détail agréable. Ma mère fit remarquer que mon oncle aimait les trains, et aurait aimé celui-ci, même s'il n'avait pas eu l'occasion d'en prendre beaucoup.

Je me souvins que ma mère m'avait un jour raconté une histoire au sujet de mon oncle, que j'avais rencontré lors des rares fois où nous étions retournés à Hong Kong. Il était calme et mince, avec l'air studieux de l'étudiant qu'il n'avait jamais été. Comme ma mère, il prenait soin de ses vêtements et de son apparence, portant toujours une chemise blanche repassée et des souliers noirs, peignant ses cheveux avec une légère ondulation sur le côté, à la façon des vedettes de cinéma chinoises dans les années quarante et cinquante. Ma mère avait dit qu'à la différence de la plupart des garçons du quartier, mon oncle était gentil et prévenant. Il travaillait pour un vendeur d'oiseaux et en rapportait parfois chez lui. Petite, ma mère avait adoré en avoir à la maison. Ils avaient huit ans d'écart, ma grand-mère ayant fait deux fausses couches entretemps. Ma mère observait son frère aîné quand il nettoyait les cages, et elle avait parfois le droit de l'aider avec les récipients d'eau, qu'elle remplissait à l'évier de la cuisine et lui apportait, en prenant soin de ne pas renverser une goutte, afin qu'il puisse les remettre dans les cages dont il avait déjà recouvert le fond de papier journal.

Un jour, un homme entra dans la boutique et passa un long moment à regarder les oiseaux, demandant à mon oncle de descendre telle ou telle cage qui étaient accrochées à de grandes baguettes fixées au plafond. Mon oncle veillait toujours à attraper les cages sans les secouer, prudemment, sachant que si le mouvement était trop rapide ou inégal, les oiseaux allaient s'affoler et essayer de s'envoler, ce qui pouvait occasionner une blessure à l'aile ou la patte. L'homme choisit finalement deux des oiseaux les plus beaux et les plus chers, avec une gorge en forme de cœur et des plumes roses, disant que c'était pour offrir à sa fille. On dirait un couple, plaisanta-t-il. Mon oncle conclut la vente, la dernière de la journée, et ferma la boutique, abaissant d'abord les volets en bois et les verrouillant, puis les grilles métalliques articulées.

C'était la saison des moussons, et souvent à cette période mon oncle rentrait chez lui sous la pluie, qui était parfois si intense et si soudaine qu'on avait à peine le temps d'ouvrir son parapluie avant d'être complètement mouillé. Où que l'on marche, les chaussures finissaient trempées tout comme les revers des pantalons. Puis, tout aussi rapidement, la pluie cessait, pour être remplacée par une chaleur aussi dense et oppressante. Le jour où il touchait sa paie, mon oncle, une fois rentré, sortait l'enveloppe et en donnait les deux tiers à sa mère, n'en gardant que fort peu pour lui.

Un matin, m'avait raconté ma mère, mon oncle avait ouvert les portes en bois de la boutique et constaté que quelqu'un attendait déjà devant les grilles métalliques. Derrière le motif en chrysanthèmes, il vit que c'était une étudiante, et reconnut son uniforme, typique de l'école religieuse qui se trouvait tout près de chez lui et qu'il avait quittée à quatorze ans pour travailler. Elle tenait dans ses mains une boîte à chaussures, avec six trous sur le couvercle, apparemment effectués au crayon à papier. Quand il ouvrit la boîte, mon oncle vit un des oiseaux qu'il avait vendus à cet homme un mois plus tôt, tout faible et tremblant, dans un nid fait avec des bandes déchirées dans de vieilles socquettes. Mon oncle décrocha une des cages et y mit l'oiseau avec un autre. Puis il nettoya soigneusement la cage, ajusta le perchoir afin qu'il soit le plus bas possible et ajouta du papier journal neuf, y déposa à manger et à boire. La jeune fille se rendit à l'école, et au cours des jours suivants il garda la cage à portée de vue tout en travaillant dans la boutique, la déplaçant dans les taches de lumière pommelée quand il faisait chaud, ou bien abaissant partiellement le store de la porte pour la protéger quand la pluie tombait. Plus tard, lorsque l'oiseau fut en état de se poser sur le perchoir, qu'il avait remonté un peu plus à mesure que l'oiseau récupérait, il apporta la cage, sa structure en bambou recouverte d'un drap épais, jusqu'à la maison de la jeune fille, qui était plutôt une résidence, dans une rue très connue.

Au cours des jours et semaines qui suivirent, ma mère dit qu'elle aperçut souvent son frère en compagnie de la jeune fille – parcourant la ville à vélo ou faisant la queue devant une échoppe en bord de route. Ils l'invitaient parfois à se joindre à eux, et l'emmenaient à la confiserie locale où ils remplissaient un sachet avec des prunes séchées et des bonbons. Elle devint familière de leurs points de rendez-vous habituels – devant la fontaine du parc, ou au coin de la rue près de l'école religieuse de la fille. Il va sans dire que ses parents à elle désapprouvaient qu'ils passent du temps ensemble, car mon oncle était pauvre et illettré. Le plus souvent, ils s'arrangeaient pour se retrouver sans qu'on le sache. Ma mère devint à son tour complice, sa présence étant une couverture pratique pour quiconque les voyait, son jeune âge, dix ans, faisant d'elle une chaperonne tacite. Je m'étais souvent demandé, en entendant ce récit, ce qu'avait pu ressentir alors ma mère. Elle était assez jeune pour que ce soit là la première idylle à laquelle elle assistait, et suffisamment âgée pour en être intriguée. Remarqua-t-elle, par exemple, tout en étant perchée sur le vélo de son frère, ou en montant sur une des structures de l'aire de jeux, à quoi ressemblaient deux personnes qui sont soudain absorbées l'une par l'autre ? Ou le fait que, même quand ils lui payaient ses bonbons, ou lui achetaient une place de cinéma, leur attention était rarement portée sur le geste en question ? Le fait que leurs blagues étaient destinées à faire rire l'autre, et à quel point ils étaient heureux ? Regardait-elle tout cela, me demandai-je, en songeant, ou rêvant, à ce qui l'attendait elle aussi plus tard ?

Son frère s'était toujours intéressé aux appareils photo, et il en avait acheté un d'occasion avec ce qui lui restait de sa paie. Il prenait souvent des clichés quand ils sortaient tous les trois ensemble, et parce que c'était toujours lui qui les photographiait, la seule trace de leur relation se résumait à des portraits de ma mère et de la fille ensemble. Elle les avait encore quelque part, dit-elle, toute une série prise à la fontaine du parc, ma mère debout sur le rebord, la fille assise près d'elle en jupe longue, souriant, l'eau pareille à un plat noir et argent derrière elles. Ma mère dit qu'à l'époque, elle avait bien sûr senti que la fille était très sophistiquée, presque adulte. Elle portait des socquettes blanches montantes et tenait ses livres serrés par un épais ruban coloré. Elle était belle, avec ce teint pâle si prisé à l'époque, et se coiffait avec une queue-de-cheval, ses cheveux maintenus par un élastique orné de deux perles blanches, de la taille de billes. Elle avait toujours été gentille avec ma mère, qu'elle appelait petite sœur, et lui fit part un jour à voix basse de leur projet de s'enfuir ensemble quand l'année scolaire serait finie.

Mais bien sûr, en dépit de leurs précautions, tout le monde était au courant de leur idylle. La fille en avait parlé à ses camarades de classe, et le patron de mon oncle l'avait vue l'attendre devant la boutique. Des voisins et des connaissances les avaient aperçus se rendre à vélo ensemble à la baie ou partager un plat occidental au café du coin. Ce n'était un secret pour personne.

Un jour où mon oncle l'attendait à leur lieu de rendez-vous habituel près de l'école, la fille ne vint pas. Il finit par se rendre à l'école et tomba sur une de ses camarades, qui lui dit que la fille n'était pas venue en cours ce jour-là. Une fois devant chez elle, non sans audace, il sonna à la porte, mais personne ne répondit. Il s'aventura dans une rue latérale, grimpa à un arbre, scruta à travers les fenêtres et vit que les pièces étaient vides. Au bout d'un moment, il retourna devant le portail de la maison et attendit. Il ne pouvait rien faire d'autre. Finalement, la gardienne eut pitié de lui, elle sortit et lui dit que la famille était partie en Amérique et ne reviendrait pas. Elle s'apprêtait à rentrer mais s'arrêta, comme si elle réfléchissait. Elle se tourna alors vers mon oncle et lui dit qu'elle avait hésité à lui dire ce qu'elle lui avait dit mais s'était finalement décidée à lui parler. Elle ajouta qu'au moment de partir la fille avait laissé un message à l'intention de mon oncle, lui demandant simplement de l'attendre, disant qu'elle reviendrait un jour. En plus d'être pauvre et illettré, expliqua ma mère, mon oncle avait également une insuffisance cardiaque. Les médecins avaient déclaré qu'il mourrait en bas âge mais ça n'avait pas été le cas. Néanmoins, il était trop faible alors pour prendre l'avion, même s'il avait su où ils s'étaient installés en Amérique, même s'il avait eu l'argent pour le voyage. Que pouvait-il faire, sinon remercier la gardienne et rentrer chez lui ? Il avait continué de travailler et de surveiller sa santé et finalement, quand il eut assez d'argent, il acheta un studio dans le quartier près de la maison de la fille, où une nouvelle famille avait emménagé et devant laquelle il pouvait passer de temps en temps. Mon oncle trouva un travail différent, puis un autre et encore un autre, pour finir par décrocher un emploi dans un journal. Son patron lui demanda s'il voulait changer de ville, accepter un meilleur poste, mais il refusa. Bien qu'il ne vendît plus d'oiseaux chanteurs, il en gardait toujours un avec lui – jaune et petit –, écumant parfois les marchés de la ville pour trouver le bon oiseau. Il ne se maria jamais, et n'eut pas de famille. Finalement, dit ma mère, ils reçurent une lettre. Elle venait d'outre-Atlantique, une enveloppe bleu pâle bordée d'un liseré rouge et bleu. La lettre qu'elle contenait était écrite d'une main ferme, et décrivait une existence vécue en étrange parallèle : l'arrivée dans un nouveau pays, une nouvelle école, le mal du pays et la peine de cœur qui s'estompait peu à peu, puis l'université, la surprise inattendue d'un nouvel amour, suivi d'un travail, d'un mariage, et d'enfants. La jeune fille, désormais adulte et mère, avait demandé des nouvelles de mon oncle, ayant retrouvé sa trace via une chaîne de connaissances mutuelles, et souhaitait lui écrire de nouveau, voire l'appeler et lui parler, mais mon oncle, bien qu'il essayât plusieurs fois, ne trouva jamais la force d'écrire une réponse appropriée.

Au cours de mon enfance, ma mère m'avait souvent raconté cette histoire, tout comme elle m'avait fait d'autres récits, parlant de pauvreté, de famille et de guerre. Un jour, alors que j'étais adulte, je l'interrogeai de nouveau sur mon oncle, lui demandant de me montrer les photos qu'elle m'avait décrites autrefois dans le détail, mais elle fronça les sourcils et dit qu'il n'était jamais rien arrivé de tel à son frère. Elle dit qu'il avait travaillé dans une papeterie de leur rue, et non pour un homme qui vendait des oiseaux au marché, même si, oui, il avait bien le cœur fragile et n'avait jamais pu quitter le quartier de son enfance de toute sa vie et, oui, il ne s'était jamais marié.

J'interrogeai ma sœur sur cette histoire, mais elle dit qu'elle non plus ne s'en souvenait pas. Plus tard, elle ajouta que ça ressemblait beaucoup à un feuilleton télévisé qu'elle avait regardé à l'époque où elle allait au lycée. Le lendemain, elle me rappela et me dit qu'elle faisait pour la première fois un gâteau de riz dont je me souvenais peut-être de notre enfance. Elle avait trouvé la recette dans un magazine et l'avait immédiatement reconnue, même si elle avait longtemps oublié l'existence de ce dessert. Les ingrédients, dit-elle, étaient d'une simplicité désarmante : juste de la farine de riz, de l'eau, un peu de sucre et un peu de levure, qu'elle mélangeait et faisait chauffer puis laissait refroidir. Elle avait emprunté un cuiseur-vapeur à notre mère et le faisait maintenant pour que ses enfants puissent un jour eux aussi s'en souvenir. Elle dit de nouveau qu'elle ne se rappelait pas l'histoire que notre mère nous avait racontée au sujet de notre oncle. Son seul souvenir précis concernant la famille de notre mère datait de quand elle était retournée à Hong Kong pour l'enterrement de notre grand-père, alors qu'elle avait peut-être six ou sept ans. Comme de nombreux souvenirs d'enfance, celui-ci était largement composé d'impressions et de sensations marquantes. Elle se rappelait avoir dormi dans un lit inconnu, à la couverture rose pâle couleur chrysanthème, de la même texture qu'une serviette de toilette, sachant que quelqu'un, un lointain cousin ou un parent par alliance, la lui avait prêtée, sans qu'elle sache vraiment qui. La maison était sans cesse pleine de gens, assis et discutant ou allant et venant dans la cuisine, très à l'aise alors qu'elle ne l'était pas. Ma sœur dit qu'elle avait trouvé la chose déroutante, incapable qu'elle était de distinguer les inconnus des membres de la famille, dont plusieurs se montraient soudain gentils avec elle de façon inexplicable. Ils venaient lui proposer quelque chose, un gâteau ou un amuse-gueule, et essayaient de lui parler en cantonais, une langue qu'elle ne parlait ni ne comprenait. Tous le savaient, mais ils essayaient quand même, comme si la compréhension pouvait survenir par magie, à condition que chaque interlocuteur le veuille bien. Ma sœur les regardait d'un air absent et ils renonçaient alors en secouant la tête et s'éloignaient. Elle ne connaissait que quelques bribes de phrases et pendant tout le séjour elle ne put s'exprimer qu'en disant des mots signifiant quelque chose comme oui, non et merci. À la différence des autres enfants, elle ne semblait pas en savoir assez pour avoir le droit d'aider, aussi on la gâtait et la délaissait à la fois. Elle passait le plus clair de son temps recroquevillée dans un fauteuil en bois de rose, à jouer avec la Game Boy de sa cousine ou à regarder des dessins animés à la télé. Si elle voulait aller dehors pour jouer dans la petite cour, et voir, par exemple, le lion de pierre qui y trônait, un ballon coincé sous sa lourde patte ornementale, on lui prêtait une paire de tongs roses bien trop grandes pour elle, qui avaient déjà été usées et brunies par la forme d'un autre pied. La seule tâche qu'on lui confiait c'était d'aider à laver le riz, en mouillant et filtrant tour à tour le liquide laiteux jusqu'à ce qu'il soit presque clair, une chose assez facile à faire même pour une enfant. Le soir, elle restait éveillée, à écouter le bruit des ventilateurs et le reste de la famille qui parlait dans la grande pièce.

Elle dit qu'elle ne se rappelait pas l'enterrement, seulement le cimetière situé quelque part dans les hauteurs, plein de pierres tombales grises et de nombreuses, très nombreuses marches. Elle dit que pendant tout le séjour elle s'était laissé complètement porter.

Elle s'était sentie observée, et bien que ce fût avec tendresse, c'était là le genre d'indulgence qu'on accorderait à un petit animal, à quelqu'un de pas très futé, incapable de contrôler sa nature. Elle ne savait pas quel comportement adopter, comment naviguer dans les complexes et nouvelles strates familiales où elle s'était retrouvée. À la différence de notre petite famille, les gens là-bas n'avaient jamais un moment seuls, jamais de temps de repos. Tout le monde semblait toujours s'affairer pour quelqu'un d'autre, et elle se sentait inutile et encombrante. Elle savait que la famille était en deuil, mais l'homme dont la photo trônait sur l'autel de la maison et sur la tombe duquel ils s'étaient rendus était pour elle un inconnu. Elle se rappelait juste la couleur des billets qu'on avait apportés ce jour-là, parce qu'ils étaient enveloppés dans du papier violet vif, presque magenta, avec des caractères en feuille d'or. Contre le gris des pierres et les marches en ciment, les couleurs avaient paru criardes et presque belles. L'argent en soi était lui aussi coloré, comme les billets de banque d'un jeu de société. Comme tout le monde, elle avait fait la queue et déposé les billets dans le feu, mais ce n'est que lorsque le vent avait changé de direction et que la fumée lui était entrée dans les yeux qu'elle avait senti des larmes. Pendant le reste de la journée, elle s'était ennuyée et sentie un peu triste, et quand on lui avait tendu un verre de riz à déposer comme offrande, elle l'avait posé rapidement et sans précaution sur le rebord de pierre, un geste qui, elle le savait, avait embarrassé sa mère présente ici parmi ses amis et parents. Quelqu'un avait fini par lui acheter une glace, elle s'était assise par terre et l'avait mangée dans les hautes herbes et l'air humide.

Le lendemain, ils s'étaient rendus en voiture jusqu'à une bijouterie du quartier voisin, où ma sœur avait vu un autre lion de pierre, ainsi qu'une statue qu'elle reconnut comme étant la déesse de la miséricorde, avec son doux visage et ses longs doigts. Il y avait aussi un petit bassin en jade rempli d'eau. Ma sœur dit que deux poissons-chats avaient été gravés au fond dans la pierre, nageant entre les roseaux et les plantes, mais encastrés, de sorte qu'ils semblaient vraiment immergés. À un moment, au cours de la visite, elle s'aperçut non sans honte que la famille voulait lui acheter un cadeau comme souvenir. Ils examinaient et commentaient différents bijoux. Certains, en jade, étaient blancs et opaques, ou marron et transparents, guère différents des œufs de cent ans foncés qu'ils avaient mangés quelques jours plus tôt. D'autres étaient d'un vert profond et crémeux, et lui rappelaient le pic rocheux ou la mousse qui poussait dans le cimetière. Finalement, ma sœur n'avait pas choisi de bijou, mais quelque chose qui ressemblait davantage à un jouet. Sur le comptoir, il y avait un tas de petites choses, pareilles à des livres ou des boîtes, avec des tissus verts et bleus, maintenus par un ruban rouge. Quand on ouvrait le tissu, on découvrait une petite tortue dorée, à côté d'un rocher, sous un panneau en verre. Et, dès qu'on ouvrait la boîte, les pattes de la tortue se mettaient à remuer et vibrer, sa petite tête se tournait sur le côté. Ma sœur était tombée amoureuse de cette babiole, et la posséder parut mettre un terme au sentiment d'étrangeté et de confusion qu'elle avait ressenti depuis quelques jours. De retour à la maison, lors des repas où ils étaient nombreux et pendant les visites, elle s'éclipsait pour aller ouvrir la boîte, regardait la petite tortue accomplir son invariable danse, donnant l'impression de nager, même si en réalité elle n'allait nulle part. Pendant le voyage du retour, elle avait soigneusement emballé la petite boîte, la coinçant entre des tee-shirts, mais quand elle la rouvrit, elle s'aperçut que le verre, qui tenait grâce une colle bon marché, avait glissé, et que la tortue ne pouvait plus bouger.

Ma sœur dit qu'elle n'était retournée qu'une seule fois à Hong Kong, alors qu'elle était jeune interne, pour une conférence médicale qui se tenait dans un hôtel de Kowloon. Elle avait à peine reconnu l'endroit, et eut l'impression de s'y rendre pour la première fois, plutôt que la seconde. Elle ne s'attendait pas, dit-elle, à l'étrange juxtaposition de la ville, ses énormes gratte-ciel gris face à la luxuriante forêt tropicale, les pics montagneux et verts, la baie. C'était étonnamment beau, et elle eut du mal à croire qu'elle était déjà venue ici. Elle avait entretemps achevé ses études de médecine, et travaillait dans un hôpital, qui l'évaluait et qui, elle le savait, l'aiderait à se spécialiser. Elle s'en sortait bien, et avait été invitée à prendre la parole dans une ville étrangère lors de cette conférence renommée sur l'endocrinologie. Elle se rappelait à peine l'enfant gauche et têtue qu'elle avait été la dernière fois où elle était venue ici, la fillette incapable de se débrouiller toute seule, qui avait déposé si grossièrement des offrandes sur la tombe. Pour la conférence, elle avait emporté une veste de tailleur grise cintrée à la taille avec un pantalon assorti à jambes larges, ainsi qu'un simple pull blanc à col rond. Les salles de conférence étaient sombres, pleines à craquer. Les intervenants étaient compétents et stimulants. Elle savait qu'elle s'améliorerait suite à ce passage. À l'accueil, on lui avait donné un badge avec son nom et celui de l'hôpital écrits dessus.

Le soir, elle avait évité le cocktail de rigueur pour voir la ville, décidant de ne pas s'embêter avec les trains, préférant prendre des taxis, ou le Star Ferry. Quand le bateau avait traversé

Victoria Harbour, elle avait ôté sa veste et l'avait pliée soigneusement sur le garde-fou à la proue. Le vent avait dérangé ses cheveux, qu'elle avait attachés le matin, faisant voleter de courtes mèches autour de son visage d'une façon qui paraissait libératoire. La mer était un peu agitée, et ma sœur s'était penchée, les avant-bras sur la veste pliée, regardant devant elle une ville enveloppée dans la brume fine et dorée de la fin de journée.

Elle avait souhaité, dit-elle, entrer en contact avec le reste de la famille qui vivait là, mais elle avait été tellement prise par les préparatifs du voyage que le temps lui avait manqué. Une fois sur place, elle se rappela qu'elle comptait le faire, mais elle voulait d'abord avoir un peu de temps pour elle. Elle avait tellement étudié et travaillé toute l'année durant qu'elle avait maintenant envie de se faire du bien. Elle avait rencontré, à la conférence, l'homme qui deviendrait plus tard son époux, un jeune diplômé, doué et travailleur, comme elle. Il avait le même caractère qu'elle, acquis au fil de nombreuses années d'études, à la fois autoritaire, empathique et d'une neutralité rassurante. Lui aussi avait de la famille dans le coin, à Taïwan, et, comme elle, il n'avait pas encore arrangé de visite. Maintenant, devenu son mari, il lui était si familier que c'est tout juste si elle parvenait à se le représenter quand elle n'était pas encore profondément habituée à lui, et qu'il lui arrivait alors encore de sursauter en remarquant sa présence dans une pièce. Mais elle se rappelait, ou du moins croyait se rappeler, les jours grisants passés ensemble, alors qu'ils ne se connaissaient pas encore très bien. Au cours de leur journée de repos, ils avaient gravi le mont baigné de soleil. Au sommet, des jumelles étaient installées sur le point de vue. Ils avaient agi en touristes et mis des pièces dans la fente afin d'observer la ville en contrebas. En se rendant là-haut, ma sœur avait également remarqué un pavillon avec de petites plinthes en pierre tous les mètres et, les surmontant, un lion en pierre grise. Le lendemain, ils se rendirent sur l'île de Lantau où ils prirent le tram à fond de verre et virent le bouddha géant en bronze au sommet d'une immense volée de marches. Il l'attendit pendant qu'elle faisait les boutiques de vêtements de Canton Road et le soir, ils se perdirent dans un dédale de petits bars et de restaurants où ma sœur se vit offrir des verres à plusieurs reprises. Au cours de ses activités, elle avait fini par se dire que c'était là un homme avec lequel elle se voyait vivre. Une personne qui, comme elle, était dévouée, et à la façon dont il parlait, aux choses qu'il disait, elle sentait qu'il prisait la stabilité, savait ce qu'il voulait. Tel un médecin ayant observé attentivement le dossier d'un patient, ayant examiné ses scanners et radios, elle était relativement confiante dans les résultats, le diagnostic envisagé.

Pour une raison ou une autre, lors d'une précédente conversation, elle l'avait laissé croire que c'était là sa première fois à Hong Kong. Il était effectivement plus facile et, elle devait l'admettre, préférable, de jouer au touriste, d'apprécier ainsi la ville. Elle ne mentionna pas sa famille, qui vivait quelque part en ville – elle ne savait toujours pas où exactement –, et quand la conférence s'acheva, elle se dit qu'il était à présent trop tard. Des années plus tard, dit-elle, elle n'avait toujours pas clarifié la situation à son mari, même si elle se rappelait avoir contemplé le haut de la montagne avec les jumelles en se demandant, un court instant, si elle allait tomber, par hasard, sur le cimetière où elle était allée il y a si longtemps.

Le dernier jour, lors d'une pause entre les débats, elle s'était rendue dans un énorme centre commercial en empruntant un escalator à ciel ouvert. Il y avait au dernier étage, le plus calme, une bijouterie, où des articles étaient exposés sur de la soie blanche dans des vitrines très éclairées, les employés attendant en costumes gris et gants blancs, comme au garde-à-vous. Ma sœur s'était penchée au-dessus des vitrines d'exposition, et quand elle avait posé ses mains dessus, elle avait perçu le doux et rassurant cliquetis de sa montre en or sur le verre. Une fois qu'elle eut fait savoir qu'elle ne parlait pas cantonais, l'homme derrière le comptoir était passé à l'anglais. Ma sœur savait qu'il ne lui restait pas beaucoup de temps avant la conférence, mais elle savait aussi qu'elle allait acheter quelque chose dans cette boutique, afin de se rappeler son séjour, tout comme on lui avait fait un cadeau lors de son dernier passage ici. Finalement, elle opta pour un disque en jade plat, plus blanc que vert, une forme abstraite reliée à un torque en argent qui reposait à plat contre sa peau quand elle le passa autour du cou. Il lui rappelait l'ancienne monnaie dont on se servait autrefois en Chine, ainsi que les disques *bi* en usage dans les anciens enterrements, à une époque où l'on croyait que le jade retardait la décomposition du corps sous la terre.

Le seul endroit que je désirais visiter ce jour-là était une église, soi-disant un très bel édifice, conçu par un célèbre architecte, dans une banlieue près d'Osaka. Je dis à ma mère que même si je savais qu'elle n'était pas catholique, visiter cette église était censé procurer une expérience intense, et j'espérais que le déplacement en vaudrait la peine. Plus tôt, dans le train, tout en songeant à mon oncle et à Hong Kong, j'avais jeté un œil à ma mère et vu sa tête inclinée contre le repose-tête près de la fenêtre, les yeux complètement clos.

Nous avons laissé nos bagages dans une consigne à la gare et pris le réseau local. En chemin, nous nous sommes arrêtées dans un petit restaurant de nouilles pour déjeuner. Il y avait un peu d'attente, mais ils servaient tout le monde rapidement et efficacement, avec l'expérience et la célérité d'un endroit existant depuis de nombreuses années, qui ne proposait qu'un seul plat. Les nouilles furent apportées dans un grand bol, blanc à l'intérieur mais orné d'un motif complexe et dense, rose pastèque, vert et jaune à l'extérieur. Il me rappela les bols que j'avais souvent vus dans les restaurants de mon enfance. Ce même motif avait dû exister autrefois sur des assiettes et des couverts ouvragés à une certaine période de l'histoire. Et, tout comme la fameuse porcelaine *qing-hua*, il avait dû être admiré et prisé, de sorte que, lors des premiers échanges commerciaux entre l'Asie et l'Occident, il fut d'abord exporté, puis imité, et ce dans de nombreux pays différents, par de nombreuses mains différentes, et existait maintenant, dans cette version, fabriqué en usine et utilisé partout dans le monde, se chiffrant à des centaines de milliers d'exemplaires.

Il avait fait froid dehors et chaud dans le train, et la soupe nous rendit toutes deux un peu somnolentes. Nous empruntâmes des rues de banlieue, avec des poteaux télégraphiques en bois et des câbles électriques qui se croisaient en hauteur. Les rues étaient si étroites qu'il n'y avait souvent pas de trottoirs mais plutôt des lignes blanches tracées sur l'asphalte pour signaler où l'on pouvait marcher. De temps en temps, nous passions devant des ensembles d'épiceries, d'échoppes et de cafés, qu'on repérait toujours de loin grâce à leurs enseignes verticales aux couleurs vives. L'autre jour, dans le musée en extérieur, nous étions passées devant une maison en bois où l'on jouait de la musique. Ma mère avait ralenti et, voyant qu'elle voulait entrer, j'avais fait demi-tour et nous avions franchi le seuil. Dedans, deux femmes étaient penchées sur de longs instruments. Ma mère dit avec excitation que c'étaient des cithares japonaises, guère différentes des cithares chinoises qu'elle se rappelait avoir entendues à la radio quand elle était petite. Je reconnus moi aussi le son, parfois profond et boisé, à d'autres moments plat et disjoint, ou ondulant comme quand on passe rapidement ses doigts sur les touches d'un piano. Les femmes portaient trois *tsume* aux doigts de la main droite, qui ressemblaient à des griffes ou des ongles blancs aux formes effilées, et avec lesquels elles faisaient résonner les cordes de leur instrument. Ma mère les regardait, fascinée, les écoutant un long moment, et quand nous sommes parties elle a demandé si nous pouvions acheter leur CD pendant qu'on était là.

J'eus un peu de mal au début à trouver l'église, mais finalement nous sommes arrivées devant – un bâtiment bas, semblable à une boîte, situé dans un quartier calme – et nous sommes entrées. À l'intérieur, les murs étaient en béton nu, ils absorbaient presque toute la lumière, rendant l'atmosphère grise et pénombreuse. Le sol n'était pas droit, mais penchait très légèrement, comme s'il attirait toutes choses vers l'autel dépouillé, au sud. Sur le mur derrière l'autel, deux grandes incisions avaient été pratiquées, l'une allant du sol au plafond et l'autre courant horizontalement, de façon à imiter une croix géante. Nous nous sommes assises, et nous avons concentré toute notre attention sur cette vaste forme ainsi que sur la lumière blanche et vive qui se déversait par les failles, contrastant avec l'atmosphère tamisée du lieu. L'effet était fascinant, un peu comme de regarder la lumière du jour par l'ouverture d'une grotte. Et peut-être, dis-je à ma mère, était-ce là ce que les gens avaient ressenti dans les toutes premières églises, quand la nature elle-même était encore une force dans le monde, viscérale et sacrée. Je lui dis aussi que l'architecte avait voulu au départ que la croix ne soit pas scellée, afin que l'air et les éléments s'engouffrent par les ouvertures, telle la volonté de Dieu lui-même.

C'était une journée grise et froide, et nous étions les seules personnes dans l'église. Je demandai à ma mère ce qu'elle pensait de l'âme, et elle réfléchit un moment. Puis, ne me regardant pas moi mais la lumière blanche et crue devant nous, elle dit qu'elle croyait que nous n'étions globalement rien, juste une suite de sensations et de désirs, vouée à disparaître. Quand elle était jeune, elle ne s'était jamais sentie isolée, mais plutôt inextricablement liée aux autres. À présent, dit-elle, les gens avaient soif de tout connaître, persuadés qu'ils étaient de pouvoir tout comprendre, comme si l'illumination les attendait au coin de la rue. Mais, dit-elle, en fait on ne contrôlait rien, et comprendre n'empêchait pas de souffrir. Le mieux qu'il y avait à faire ici-bas, c'était de traverser l'existence, comme la fumée dans les branches, en souffrant, jusqu'à ce qu'on atteigne un état de néant ou bien aille souffrir ailleurs. Elle parla d'autres dogmes, de la bonté et de la charité, de l'accumulation de la bonté comme un trésor de richesses. Elle me regarda alors, et je sus qu'elle voulait que je sois de son avis, que je la suive, mais à ma grande honte je m'aperçus que j'en étais incapable et pire, que je ne pouvais même pas feindre l'inverse. Je regardai ma montre et dis que les heures de visite étaient presque finies, et que nous devrions probablement y aller.

Pour l'étape suivante de notre voyage, j'avais prévu une randonnée sur un ancien sentier qui traversait des forêts, des villages et des montagnes, et reliait autrefois les cités impériales. Mais je m'aperçus très vite que c'était impossible. Il avait plu toute la semaine, et les sentiers seraient boueux et détrempés. Ma mère n'avait pas apporté de vraies chaussures de marche comme je le lui avais demandé. Je voulais la pousser à faire la randonnée avec moi, mais je compris que cela aurait été presque cruel. Son visage avait changé depuis la dernière fois où je l'avais vue. Elle avait toujours respiré la jeunesse, à tel point que je compris que l'image que j'avais d'elle avait joué dans ma décision. Mais au cours du voyage, en voyant son profil, son visage quand il était fatigué ou au repos, je compris qu'elle était à présent une grand-mère. Puis, tout aussi rapidement, je l'oubliai de nouveau, ne voyant que l'image d'elle que j'avais conservée de mon enfance, une image étrangement figée qui volerait en éclats quelques jours plus tard. Je lui dis finalement que si ça ne la dérangeait pas, j'allais faire seule la randonnée, nous serions donc séparées durant un jour et une nuit. Elle pourrait loger dans une petite auberge traditionnelle, tout près de la gare. La ville était grande, mais si elle restait dans un certain rayon, elle aurait assez de choses à voir sans avoir besoin de s'aventurer très loin. Je prendrais le train, puis, le lendemain, rentrerais en marchant, et serais là en fin de journée.

Une fois à l'auberge, je mis quelques vêtements dans un petit sac, en les roulant afin qu'ils prennent le moins de place possible. Puis je pris un petit réchaud et une grande bouteille d'eau, ainsi qu'un imperméable léger, et laissai le reste de mes affaires à ma mère. Je lui demandai si elle voulait boire un thé avec moi avant mon départ, et nous nous sommes assises par terre, une théière en fonte noire entre nous, lourde et brûlante et agréable à soulever. La chambre sentait la fumée et le riz récemment brûlé. Je lui dis que j'avais réfléchi à ce qu'elle avait dit la veille, concernant la bonté. Je lui demandai si elle se souvenait du premier boulot que j'avais décroché, dans un restaurant chinois en banlieue, près du fleuve, où j'avais travaillé pendant ma première année à l'université. C'était un beau restaurant, naguère célèbre, et bien que daté il conservait un peu de son aura, avec des salles éclairées discrètement et soigneusement, ainsi que des parquets sombres et vernis. À l'intérieur, tout était accompli avec une certaine formalité, un certain sens de la pesanteur et de la précision, comme pour créer un monde flottant. Nos uniformes consistaient en un tablier noir et des chaussures noires, un chemisier ivoire avec des boutons en tissu et un petit col mandarin, juste assez pour donner une vague impression de ce qu'on appelait autrefois l'Extrême-Orient. On nous avait demandé d'être légèrement maquillées le soir, et de nous attacher les cheveux en chignon, ce que je faisais, méticuleusement, avant chaque service. Les autres serveuses avaient toutes entre vingt et trente ans, et à l'époque elles me paraissaient incroyablement adultes. Je me souviens qu'on attendait de nous que nous travaillions dur, et prenions au sérieux la réputation du restaurant, comme si sa gloire pouvait être prolongée encore un peu plus longtemps si seulement on y croyait toutes, comme une religion, ou une foi.

Je dis qu'elle se rappelait peut-être également mon petit ami de l'époque, qui lui aussi était étudiant, et suivait les mêmes cours que moi. Comme moi, il avait une sœur, et je savais, de façon vague parce qu'il n'en parlait jamais, que dans son enfance ils avaient été pauvres. Il était appliqué et avait des traits ciselés qui paraissaient trop juvéniles, mais qui je le savais ne feraient que se bonifier avec l'âge. Il passait son temps à réviser et allais régulièrement à la salle de gym, et rien chez lui ne me choquait, et pourtant j'avais l'impression que nous étions globalement étrangers l'un à l'autre. Il disait souvent, non sans tendresse, que j'étais un peu étrange, et m'avait fait remarquer une fois en passant que je prenais mon travail au restaurant trop au sérieux. Je n'étais pas d'accord, mais à l'époque je ne l'avais pas contredit. À l'époque, je prenais tout au sérieux. J'étudiais d'arrache-pied parce que je croyais sincèrement que cela servirait un plus haut dessein, et j'aimais l'idée de vivre selon une certaine rigueur ou méthode. Je voulais juste maîtriser parfaitement au moins une chose dans ma vie. Je travaillais au restaurant dans ce même esprit. Avant chaque service, j'attachais toujours mes cheveux en arrière. Je le faisais non parce que j'en avais envie, mais parce que je pensais également que ce style, élégant et strict, convenait à notre rôle, qui consistait à être réservées et efficaces à tout moment. De la même façon, je me retrouvais à faire différemment de nombreuses petites choses là-bas, comme si l'acte même de franchir un seuil m'avait transformée, comme si j'étais maintenant poreuse, ou muette. Je faisais un effort concerté pour être compétente et élégante, consciente de mes gestes, ma voix, l'expression de mon visage, intégrant que si nous cassions quelque chose, si nous faisions tomber un plateau ou une assiette ou des verres empilés, ça serait terrible, presque comme si nous avions agi délibérément dans un moment de folie ou de protestation. Le restaurant organisait parfois de grands banquets, au cours desquels nous devions porter de longs bateaux en bois chargés de fruits de mer et de riz, garnis de légumes sculptés en forme de fleurs, que j'avais toujours envie d'attraper et de manger, comme une enfant. Bien que ces bateaux fussent lourds et encombrants, je donnais une impression d'aisance, conservant dans mon esprit l'image d'une ballerine qui met tout son poids sur la pointe de ses pieds sans montrer le moindre signe de souffrance. Mon petit ami disait souvent en plaisantant que j'étais le genre de personne qui serait heureuse dans un temple en montagne, se contentant de balayer le sol chaque jour, de contempler la nature du temps et du travail, et la différence, ou la ressemblance absolue, entre une surface sale et une surface propre.

C'est à peu près à cette époque que je me suis remise à nager, une activité que je pratiquais régulièrement quand j'étais enfant. Il y avait une piscine extérieure près du restaurant, longue de cinquante mètres, près d'un centre de loisirs et d'un parc. Je m'achetai un maillot de bain noir, le plus simple que je pus trouver, comme un justaucorps, des lunettes et un abonnement. Au début, cela fut difficile. Je n'arrivais pas à croire que mon corps avait presque oublié comment nager, une chose qui m'avait paru quasi instinctive quand j'étais plus jeune. Mais progressivement, lentement, à force de travail, tout me revint. J'allais nager trois fois par semaine sans faute, même quand j'étais fatiguée, même quand il ne faisait pas beau ou que j'étais en période d'examens. Certains jours, quand la lumière dessinait des hexagones au fond de la piscine, entre le soleil, les pelouses et la clarté absolue de l'eau, il n'existait pas de plus bel endroit. Et si j'étais dans le bon état d'esprit, à la fois concentrée et détendue, j'étais capable d'évoluer dans l'eau presque sans effort, à une vitesse qui semblait avoisiner celle d'un oiseau. En revenant de la piscine ces jours-là, après avoir nagé, avec les jardins et les arbres en pleine floraison, le soleil sur le sentier, j'eus la sensation suivante : mon corps m'appartenait, il était fort et bronzé, je pouvais en faire ce que je voulais, tant que j'y mettais toute mon énergie. Cette sensation fut immédiate, le monde s'ouvrant comme à travers un vaste entonnoir, allant de mes pieds jusqu'aux feuilles et au ciel au-dessus. Dans ces moments-là, je ne pensais rien ou, si je pensais, c'était de l'ordre de l'inexprimable. Ces moments ne duraient jamais : ils disparaissaient aussi vite qu'ils étaient apparus, si rapidement que je n'étais jamais sûre qu'ils aient vraiment existé. Et je devais alors continuer.

Peu après notre rencontre en classe, mon petit ami me demanda si j'aimais les films. Je lui dis que oui, et il répondit que la prochaine fois il m'en apporterait quelques-uns. La semaine suivante, lors d'un cours, il me remit un sac en plastique, le tenant très soigneusement, maintenant le fond comme si c'était un cadeau emballé. Je regardai dedans et vis que c'étaient des DVD, surtout des films d'action, ainsi que quelques comédies romantiques. Ce n'étaient pas des classiques mais des films remontant à quelques années, et qui par conséquent paraissaient un peu datés mais pas encore assez vieux. Je le remerciai, mais en réalité je ne m'intéressais pas à ce genre de films et je ne savais pas quoi en faire. Je finis par les mettre dans mon sac et les y laissai, si bien qu'ils me suivirent un temps partout où j'allais. Au bout d'une semaine environ, je les rendis sans en avoir regardé un seul. Mon petit ami me demanda si j'avais aimé ces films et, ne sachant quoi dire, mais voyant l'expression sur son visage, je mentis et dis que oui.

Alors que nous étions déjà ensemble depuis un an, il réserva une table pour nous dans un célèbre restaurant français, le genre d'endroit où il se rendrait sans hésitation, dit-il, après la remise de diplômes, quand il gagnerait enfin convenablement sa vie. Je m'achetai une nouvelle robe, pris ma soirée et me préparai chez moi. Pendant que je me coiffais, je reçus un message sur mon téléphone, émanant d'un client du restaurant. Je ne compris pas tout de suite, je crus qu'il s'agissait d'une erreur, ou que je me méprenais sur la teneur du message. Il me fallut un certain temps pour y voir clair, et deviner de qui il s'agissait. Je voyais de nombreux clients au cours de mes services, et chaque fois j'étais capable d'être complètement disponible pour eux, avant de les oublier tout aussi complètement une fois qu'ils étaient partis. Je me comportais un peu différemment, apportant de légères nuances à mon visage ou à mes gestes selon ce qu'on me demandait, tel un modèle posant devant un photographe, sensible à l'angle ou au placement de la lumière. Si un client souhaitait parler, je ne fuyais pas la conversation. Je l'écoutais attentivement et l'orientais subtilement vers la commande à passer, en disant de petites choses simples en retour. S'il souhaitait qu'on le laisse tranquille, j'étais capable également d'être discrète et rapide. Je pouvais ramasser ses assiettes et ses bols comme si j'accomplissais un rituel plutôt qu'une tâche, ce qui réduisait ainsi le malaise lié au fait de voir une personne débarrasser à votre place. Je revoyais cet homme arriver, souvent tôt, alors que le restaurant était encore calme, tout juste ouvert. Il choisissait toujours une table dans un coin, permettant une vue dégagée. Je me souvenais aussi qu'il venait en général manger seul, mais ne se comportait pas comme si la chose allait de soi pour lui : il était clair qu'il venait pour parler. Je crois qu'il avait laissé entendre qu'il était dans les affaires et avait eu pas mal de succès. Je ne me rappelais pas grand-chose d'autre.

Quand je retrouvai mon petit ami devant le restaurant français, je vis que, comme moi, il s'était mis sur son trente-et-un, il portait une chemise blanche et un pantalon foncé, une tenue guère différente de celle que je mettais pour aller travailler. Nous sommes entrés et on nous a fait asseoir et tendu des menus. À table, le profil de mon petit ami, tandis qu'il parcourait la carte des vins, ressemblait à une publicité pour une montre de luxe. Je savais que pour lui cette soirée était déjà un succès. Il avait fait quelque chose qu'il estimait romantique, quelque chose de correct et de bon, et cela, plus que le coût du repas, était son cadeau pour moi. C'était un geste qui, dans son esprit, allait nous porter, nous ferait accéder à un niveau supérieur, comme un balai poussant deux pierres le long d'un sentier. Je me disais qu'à un certain niveau, j'aurais dû moi aussi être heureuse. Je finis par commander ce qui me sembla être le mauvais plat, mais quand mon petit ami me demanda si ça me plaisait, je ne lui dis pas que selon moi il était malhonnête d'apprêter des saveurs au point qu'on ne puisse plus dire qu'il s'agissait d'aliments. Je me rendais compte à quel point il était important d'apprécier ce repas, ou du moins de faire semblant de l'apprécier. Je me disais que si je m'appliquais assez, mon effort se changerait en vrai bonheur, et que je serais en mesure alors de faire taire ces pensées. On nous apporta le dessert, c'était une sorte de flambé. Nous rompîmes la croûte de meringue avec notre cuiller et c'était tellement sucré à l'intérieur que j'eus l'impression de m'endormir. Je me dis qu'on venait de m'apprendre que le plus important, c'était d'être désirée, même si ce n'était pas réciproque, même si on n'aimait pas vraiment la personne qui vous désirait. D'où tenais-je cela, je l'ignorais alors.

Le reste du semestre se déroula selon un motif similaire. Je nageais, j'étudiais avec mon petit ami à la bibliothèque. J'assistais aux cours. Ma sœur faisait un remplacement dans un hôpital du pays, et quand elle venait nous voir, nous allions à Chinatown et faisions tout ce que nous avions l'habitude de faire quand nous étions à l'école : manger des boulettes piquantes au restaurant dans l'allée pavée, regarder un vieux film d'arts martiaux dans la fraîcheur d'un cinéma, acheter des sucettes bon marché à la boutique du coin. Je continuais de travailler au restaurant comme je l'avais toujours fait, en m'appliquant, en étant attentive, dressant les tables et préparant les salles. Si le client arrivait et que j'étais alors de service, je continuais de prendre ses commandes et il continuait de parler comme s'il ne s'était rien passé. Aucun de nous n'évoquait les messages qu'il m'avait envoyés. Un jour, alors que j'avais pris quelques jours afin de préparer mes examens, il m'écrivit pour me dire que ça faisait un moment qu'il ne m'avait pas vue, et me demanda si tout allait bien. Une autre fois, il me parla par textos de son divorce, et de son jeune fils, que j'avais vu avec lui une fois, et mentionna également en passant sa femme, que je n'avais jamais vue, mais qui était, me dit-il, chinoise. Il dit qu'il s'était mis récemment à peindre, et bien que ses messages fussent empreints de modestie, je sentais qu'il voulait que je reconnaisse son talent, ou du moins son potentiel. Je me rappelais que nous avions peut-être une fois parlé brièvement d'art, ou de littérature, ou de cinéma, à cause d'un ouvrage que j'étudiais. Je demandai au gérant du restaurant si quelqu'un avait pu donner mon numéro à un client, et il me regarda comme si j'étais folle. Il me dit que je travaillais dur, que les propriétaires m'appréciaient, et qu'il espérait que tout se passait bien côté examens. Je trouvai étrange que les seules personnes à savoir ce qui se passait fussent cet homme et moi, et que, pour une raison inconnue, la chose qui me paraissait la plus importante alors fût seulement cette capacité à faire comme si de rien n'était.

Mon petit ami m'invita à une exposition de peintures dans la plus grande galerie de la ville. Nous nous y rendîmes après les cours, en prenant le tram puis en nous enfonçant dans un bâtiment de pierre sombre entouré de fontaines. À l'intérieur, des tas de gens allaient et venaient dans d'immenses salles. Une partie du plafond était en verre et une lumière froide et blanche se déversait. J'étais fatiguée et peu enthousiaste, mais nous avons pris nos billets et déposé nos sacs à dos à la consigne, avant de nous diriger vers les étroits escalators. Au début, mon petit ami et moi avons regardé les tableaux ensemble, qu'il admira et qualifia de beaux, même si j'avais l'impression qu'il ne savait pas vraiment pourquoi. C'était comme si nous examinions une rangée de perles, qui bien sûr étaient belles du fait de leur nature même, si bien que l'admettre revenait presque à ne rien dire. J'ai fini par m'éloigner et me rendre sans lui dans une salle où était exposé un tableau de Monet, le même, dis-je à ma mère, que j'avais vu avec elle un peu plus tôt cette semaine. Je fis une pause, pris la théière entre nous et remplis de nouveau nos tasses, bien que ma mère eût à peine touché à la sienne, alors que la mienne était presque vide.

Je dis que je connaissais très mal Monet, à la fois quand j'étais étudiante, et aujourd'hui. Je ne savais pas grand-chose de l'époque à laquelle il avait peint, ni des célèbres techniques dont il avait été le pionnier. Mais là, dans cette salle, baignée d'une lumière pâle, face aux vastes formes des bottes de foin dans un champ, quelque chose m'avait frappée. Ces formes m'étaient apparues, et m'apparaissaient encore, comme des tableaux sur le temps. C'était comme si l'artiste posait sur le champ deux regards. Le premier était le regard de la jeunesse, s'éveillant à l'aube et à la lumière rose sur l'herbe, regardant avec impatience toute chose, le travail accompli datant juste de la veille, un travail qu'il aurait encore à accomplir dans le futur. Le second regard était celui d'un homme plus âgé, peut-être plus âgé que Monet l'avait été quand il peignit cette toile, qui regardait le même paysage, se souvenait de ses premières sensations et tentait de les ressaisir, sauf qu'il ne pouvait y parvenir sans l'imprégner de son propre sentiment de l'inéluctable. En les regardant, je ressentais un peu ce que je ressentais parfois après avoir lu tel ou tel livre, ou écouté tel passage d'une certaine chanson. Le moment semblait trop lié à ces après-midi passés à rentrer à pied de la piscine après m'être remise à la natation, à l'immensité du monde. Je me disais que, si seulement je parvenais à mieux relier ces choses entre elles, alors peut-être parviendrais-je à comprendre quelque chose. Puis mon petit ami m'a rejointe et a fait des remarques sur ce tableau comme il l'avait fait avec tous les autres. Je n'ai rien dit. Au lieu de ça, j'ai songé combien nous étions toujours bienveillants l'un à l'égard de l'autre, au fait que pas une seule fois au cours de notre relation nous ne nous étions disputés ou étions tombés ouvertement en désaccord. Je pensais à la façon dont les gens avaient souvent décrit mes manières comme étant douces, aux clients du restaurant qui louaient souvent le personnel en lui laissant un pourboire, soulignant l'élégance des serveuses, leurs voix douces, leurs manières conciliantes.

Au restaurant où je travaillais, il y eut un soir plus de clients que tous les autres jours de l'année. Les salles du fond étaient bondées, on circulait à peine. Je m'occupais du banquet avec une autre fille, ce qui signifiait coordonner le service à deux. Au cours de ce genre de soirées, il fallait se montrer rapides, débarrasser chaque plat quand il était fini et en apporter un nouveau, se souvenir de l'exacte combinaison des mets et des couleurs. En même temps, il fallait faire attention au timing, penser à réclamer en cuisine les plats au bon moment : trop tôt et les plats se bousculeraient, perturbant le flux, trop tard et les dîneurs seraient mécontents et nerveux. À un moment, je suis passée devant la table où était assis l'homme, cette fois-ci en compagnie d'un ami, et il a fait un geste pour m'arrêter. Pour une raison que j'ignore, j'ai obéi, bien que décidée à l'ignorer. Il a commandé une autre bière, j'ai pris la bouteille vide sur la table et j'ai noté sa commande. Tandis qu'il parlait, je me souviens m'être rappelé la première fois où il était venu au restaurant, ce devait être à l'époque de son divorce, il avait tenu à parler de son métier, de son art. Je ne me souvenais pas de ce que j'avais dit alors, ni comment je m'étais comportée, mais je me rappelais que j'avais eu de la peine pour lui. Il est possible que, par compassion, je lui aie souri, dit des choses simples, des choses qui pour lui avaient eu un sens opposé à celui que j'avais mis dans ces choses. L'homme a parlé longtemps, alors même qu'il voyait bien qu'il y avait affluence et que je ne pouvais pas m'attarder. À côté de lui, son ami, que je n'avais encore jamais vu mais qui lui ressemblait plus au niveau du caractère que du physique, ne disait rien, mais il riait de temps en temps comme s'il assistait à un spectacle fascinant. Je tenais la bouteille vide dans une main et l'écoutais, tout en pensant à l'autre serveuse seule dans la salle au fond du restaurant, aux assiettes qu'elle devait accumuler, aux commandes que j'étais en train de rater. Je ne comprenais pas comment l'homme faisait pour ne pas voir la différence entre mes actes et mes sentiments, qui étaient si forts et si purs que je pouvais les sentir irradier de moi telle une forme de chaleur. Quand il a fini par se taire, je suis retournée en cuisine et j'ai déposé la bouteille dans le bac de recyclage. Je n'aurais su l'expliquer à l'époque, mais je sentais qu'il m'avait pris quelque chose, quelque chose qui touchait à l'intimité de mon bonheur à la piscine, ou à ce que j'avais ressenti au début en regardant la peinture. Ces choses étaient précieuses, et me restaient encore mystérieuses, mais maintenant je le savais, j'en avais été éloignée. J'ai repoussé mes cheveux et me suis agenouillée pour prendre un plateau et un chiffon afin d'essuyer la table. Puis je me suis relevée et suis retournée dans la salle du banquet, où nous accusions un retard certain, et j'ai aidé les autres.

Dès que le train a quitté la gare, je me suis sentie soulagée. Je voulais marcher dans les bois, parmi les arbres. Je ne voulais parler à personne, juste voir et entendre, ressentir ma solitude. Le train a longé des champs et des fermes, des serres recouvertes de plastique et de petits croisements. Je suis descendue à un moment pour acheter des fruits, des boulettes de riz et des algues, ainsi que du thé et des crackers dans une épicerie. Puis j'ai pris le bus qui se rendait en haut de la montagne, et devait me déposer au début du sentier de randonnée. J'allais passer la nuit ici, avant de revenir sur mes pas par le chemin emprunté la veille au matin. En arrivant à l'auberge, j'ai vu qu'il y avait des bains publics non loin de l'endroit où j'étais descendue, j'ai pris une serviette avec moi, laissé le reste de mes affaires dans ma chambre et rejoint la route. L'après-midi touchait à sa fin, et tout en marchant je nc voyais pas une seule voiture. Les bains publics étaient en bois, situés au bout d'un chemin de terre battue. Tout autour, les arbres étaient d'un vert foncé, avec un épais et sombre tapis de boue, de terre et de feuilles mortes par terre. Le bassin était profond, l'eau trouble. Je me suis lavée et j'ai enveloppé mes cheveux dans une serviette avant d'entrer. Les murs étaient en pierres solides et les parquets humides et luisants, leurs longues lattes noircies depuis longtemps. J'étais seule et personne ne vint tout le temps où je fus là.

Dehors, je pouvais voir le ciel s'assombrir. Il y avait deux longs rectangles de lumière blanche à la surface de l'eau, des reflets dispensés par la fenêtre. Je songeai à mes après-midi passés à la piscine quand j'étais étudiante, et à la manière dont je me sentais élancée et mince. Je pensai à ma mère, qui n'avait jamais appris à nager, et à Laurie, à ce jour où nous avions fait du kayak sur le lac près de l'endroit où il avait grandi.

Un peu plus tôt dans l'année, nous avions emménagé ensemble dans une autre ville, et acheté un appartement près de la baie. Jusqu'ici, nous n'y avions passé qu'un seul hiver : des journées courtes, les vents les plus forts qu'on ait jamais connus, mais encore un sentiment de nouveauté. Nous avions parfois l'impression d'être deux alpinistes parvenus sur un plateau, silencieux, impressionnés, un peu stupéfaits d'avoir enfin trouvé un endroit où se poser. Je pensai aux matinées passées là-bas, quand je somnolais, souvent en écoutant les bruits que faisait Laurie en se préparant pour aller travailler : le percolateur sur la gazinière, l'eau de la douche qui coulait, l'odeur du café, ses bottes sur le parquet. Si la chatte entrait, j'entendais d'abord le doux tapotis de ses pattes, puis sentais son poids alors qu'elle s'installait sur ma poitrine, en ronronnant si fort que je percevais le tremblement dans ma propre gorge. J'aimais l'appartement. La pièce principale donnait sur la baie. Il suffisait de soulever le loquet et de faire glisser la porte vitrée, avec sa rangée de petits carrés blancs en façade, pâles et pelés, pour voir la mer qui, au cours des premiers mois, avait été grise comme la pluie, ou claire comme le bord d'une tasse bleue. La plupart des pièces étaient traversantes, et on pouvait se déplacer de façon circulaire, aller de la pièce de devant à la cuisine puis dans le couloir et enfin dans la chambre, presque comme dans un décor de théâtre. Depuis n'importe quelle pièce, on devinait la présence d'une autre, tel un tableau où le sujet regarde dans un miroir et voit quelque chose d'invisible. J'aimais surtout les journées où je pouvais marcher pieds nus, sans même avoir besoin de quitter l'appartement. Le tapis était épais, d'un bleu passé, couleur d'une boîte de thé noir, recouvrant les marches comme du papier en accordéon. Dans la cuisine, le vieux parquet était doux, grinçant et chaud. J'allais de pièce en pièce, en faisant vaguement le ménage au passage. Il y avait des livres ouverts par terre, des tasses, des journaux, nos vestes et vêtements, des couvertures en tas, repoussées dans les coins ou jetées sur des chaises. J'emportais les tasses et les assiettes dans la cuisine et les lavais tout en regardant dehors le petit jardin, où les herbes poussaient librement. Ou alors je prenais un chiffon et essuyais la table, les étagères, soulevant brièvement la pierre que Laurie avait rapportée d'une excursion en montagne, celle qui ressemblait à un nez masculin de profil, celle qu'il avait gardée dans sa main alors même que nous escaladions des rochers en nous frayant un passage le long de la rivière, aidés par des cordes. Il y avait toujours de menus changements : une orange qui avait trop mûri dans le bol à fruits, des listes de choses à faire sur un bout de papier. Un jour, nous avions rapporté une énorme cosse dure et marron, trouvée dans les broussailles et déposée dans la cuisine, près du four, à l'endroit le plus chaud. Un matin, nous nous sommes levés et avons découvert qu'elle s'était ouverte, révélant une graine aussi grosse et foncée que le noyau d'un avocat.

Un soir, il y eut une coupure de courant et nous avons déniché une lampe frontale et quelques petites bougies dans un des cartons du déménagement encore intacts. Tandis que la tempête faisait rage dehors, nous avons disposé les bougies en divers points stratégiques de la maison. Quand je les allumai dans la cuisine, ça sentit un court instant le gâteau d'anniversaire. Je me souviens avoir préparé un dîner tout simple, pelant les tomates dans une quasi-obscurité, procédant au toucher plus qu'à la vue. Laurie avait mis un disque et dansait lentement et intensément devant la chatte, qui continuait à lancer des regards noirs depuis son coussin par terre. On voyait à peine les plats sur la table, ne devinant que les formes et textures des légumes dans les coupes. J'avais rentré le linge et des draps étaient suspendus sur le portant, une échelle, la porte en verre. Dehors, on entendait le vent violent, mais dedans, c'était calme. Je me souviens avoir pensé, tandis que nous mangions, qu'un tel bonheur pouvait venir de choses aussi simples.

En avril, nous étions allés voir le père de Laurie, en prenant d'abord un avion pour le Nord puis en louant une petite voiture jaune vif et en roulant plusieurs heures. La saison humide touchait à sa fin, tout était vert et luxuriant. Je regardais par la vitre les routes plates, les petites collines et les grands ciels orageux, fascinée de voir le paysage dans lequel avait grandi Laurie, un paysage qui avait dû, à sa façon, faire partie de lui. Laurie, je le savais, était à la fois heureux et malheureux de revenir dans l'endroit qu'il avait quitté adolescent, bizarrement j'avais l'impression de voir quelque chose d'intime, comme s'il était soudain redevenu un petit garçon et que j'avais accès à une part de lui qu'il avait depuis longtemps abandonnée. En chemin, nous nous sommes arrêtés pour échanger notre place au volant, et Laurie avait pris une photo de moi debout à côté de la voiture jaune vif dans un champ de canne à sucre vert. Tout en conduisant, il m'a désigné son vieux lycée, la maison d'un ami d'enfance, le sentier de terre battue où il s'était entraîné à la course quand il était enfant. Nous avons fait une pause devant un grand lac, qui formait un cercle presque parfait. Laurie m'a expliqué que ce lac occupait un cratère, et que personne ne savait quelle était vraiment sa profondeur. Il l'avait souvent traversé à la nage quand il était adolescent, et un jour, sa première petite amie et lui avaient emprunté le kayak d'un ami pour aller camper sur l'autre rive.

Son père vivait sur une vaste propriété au milieu des terres. Ils avaient construit presque toute la maison en gardant le bardage original, ajoutant une chambre d'amis, qui nous échut, et une large terrasse en bois. Il y avait un clapier pour les cochons d'Inde, et le matin un coq se pavanait et chantait parmi les poules et l'herbe coupée. Même si ça faisait des années qu'il n'avait pas vécu là, Laurie évoluait un peu partout en donnant un sentiment profond de familiarité, du genre qui ne pouvait provenir que de l'enfance. Il allait librement de pièce en pièce, examinant des objets comme s'ils lui appartenaient, savait tout sur les tableaux suspendus aux murs et où chaque chose était rangée. Dans la chambre d'amis, il trouva une boîte à chaussures pleine de vieilles photos, et m'en montra une de la fête d'anniversaire donnée pour ses cinq ans, avec tous les garçonnets déguisés en pirates, accrochés à un bateau en bois que son père leur avait construit, et qui était resté dans le jardin pendant de nombreuses années. Son père nous offrit du café ainsi que des fruits verts qui avaient un goût de noisette et la consistance d'une crème anglaise, puis tous deux parlèrent de la vieille maison, du frère et de la sœur de Laurie, ainsi que du travail de son père. Ce dernier annonça qu'il nous emmènerait plus tard à son hangar pour nous montrer le petit avion qu'il pilotait parfois, et si nous le désirions, et si le temps le permettait, nous pourrions faire un tour avec lui.

Nous nous étions levés tôt le lendemain matin et avions marché jusqu'à un endroit dans les montagnes que Laurie connaissait, et où il pensait que nous pourrions nager. Même à cette heure matinale, le soleil tapait fort, mais Laurie dit qu'une fois que nous serions sur le sentier, tout irait bien, nous serions protégés par la canopée. Je lui dis que j'avais rêvé du lac cette nuit. Laurie était de nouveau ado et j'étais sa petite amie de l'époque. Je dis que nous avions nagé ensemble facilement mais quand nous étions parvenus au milieu du lac, je m'étais arrêtée, j'avais dit que je ne pouvais pas continuer. Je me souvenais d'un sentiment de profondeur infinie sous moi, que je ne pouvais ressentir que parce qu'il m'en avait parlé, pensant que si je cessais de nager j'allais couler, couler sans fin, et nul ne saurait combien de temps ça durerait. Mais dans le rêve Laurie avait dit viens, continuons, ce que nous avions fait, et quand nous étions arrivés sur l'autre rive, il faisait nuit.

Une fois sur le sentier, je vis que Laurie avait raison ; les branches formaient une canopée au-dessus de nous et l'ombre était épaisse et luxuriante. Le sentier était très escarpé, et Laurie marchait en tête. Je me souviens avoir suivi ses longues foulées confiantes, enjamber racines et rochers. Il avait déjà pris ce sentier, ainsi que d'autres, de nombreuses fois, et il les connaissait suffisamment pour ne pas avoir à penser. Ce monde m'apparaissait à la fois comme beau et profondément étranger. Au bout d'un moment, j'entendis le bruit de la rivière tout près, et bien que je ne pusse la voir au début à travers les arbres, le bruit de l'eau était aussi apaisant qu'un chant. À un moment, Laurie s'arrêta et désigna quelque chose. Entre les arbres, au beau milieu du sentier, une toile d'araignée était tendue, avec en son centre une énorme épeire anguleuse. Sans dire un mot, nous la contournâmes. Finalement, je vis la rivière à côté de nous, et peu après, Laurie nous conduisit sur une rive où nous pûmes nager. L'eau était fraîche, marron et claire. Debout sur le sable, j'aperçus de petits bancs de poissons se rassembler dans les creux d'eau. De l'autre côté, une énorme falaise se dressait, inclinée. Ses contreforts gris s'avançaient au-dessus de l'eau, pleins de cavités et de failles sombres, usées par endroits au point d'en être presque roses. Les rochers, là où ils rencontraient l'eau, étaient foncés et verts, et sentaient les minéraux. Laurie ouvrit son sac à dos et me tendit un fruit, qu'il avait dû cueillir sur un des arbres de son père ce matin-là. Nous avons déjeuné, puis ôté nos vêtements et nagé.

Plus tard dans la journée, le père de Laurie nous a emmenés dans son atelier, installé dans une grande remise en bois et tôles ondulées. Il y avait des outils partout, du matériel, des bâches, et une table basse sur laquelle on pouvait manger ou lire. Son père nous avait montré certaines des œuvres auxquelles il travaillait : le buste d'un ami, dont il avait tenté des années durant de sculpter le visage, sans être satisfait, jusqu'à ce qu'il y parvienne, et une forme féminine abstraite, à la fois pesante et légère, en bronze. Le visage de l'homme, avais-je trouvé, était à la fois décidé et informe, comme s'il avait fait le minimum pour évoquer quelque chose. Les orbites étaient pleines d'ombre, de sorte que les yeux pouvaient être ouverts ou clos ; les lèvres étaient fermes et tournées vers le bas. Son père, remarquai-je, parlait facilement et gentiment à tout le monde, un peu comme Laurie. Plus tôt, il nous avait montré des orchidées sauvages dans les interstices des rochers, et je relevai chez lui, comme chez Laurie, cette capacité à repérer les petits détails du monde, ou à voir des choses susceptibles d'échapper aux autres. C'était, à mon avis, quelque chose qu'il faisait de façon inconsciente, ou machinale, sans se rendre compte que cela allait se manifester plus tard dans les sculptures qu'il réalisait, ou les choses qu'il disait. Mais là encore, peut-être le savait-il, et le cultivait, comme on le fait d'une jeune plante.

J'ouvris la boîte à chaussures que Laurie avait trouvée dans la chambre d'amis, et renversai le contenu sur le lit. Il y avait d'autres photos, de Laurie avec son frère et sa sœur enfants, tous en train de marcher sur une route de terre au crépuscule, quelque part dans un endroit où le paysage semblait récemment tondu et nu ; sa mère le portait dans ses bras, lui ou sa sœur, et une lune pâle à peine visible les surplombait. Il y avait des cartes postales envoyées par des gens que je ne connaissais pas, un passeport dont la page réservée à l'identité avait été découpée. Je trouvai un dessin que Laurie avait fait un jour d'un poisson dans l'eau. Quand je l'interrogeai là-dessus, il me dit qu'il datait de l'école primaire, lorsqu'il devait avoir onze ans. Je dis que je ne le croyais pas, qu'il était trop bien fait pour un garçon de onze ans, et il me rappela que sa mère avait été peintre, que c'étaient ses dessins qui étaient accrochés aux murs.

Laurie passa l'après-midi à installer une nouvelle fenêtre dans l'atelier de son père, à mesurer et raboter soigneusement le bois afin qu'il tienne en place, pendant que je lisais et le regardais depuis la terrasse. Son père nous avait préparé un curry vert tout simple pour le dîner, et nous avons mangé dehors, décortiquant des crevettes tandis que le ciel virait au violet au-dessus de nous, le bois de la table argenté par l'âge. Pendant que nous mangions, Laurie et son père parlaient librement. Ils parlaient des fois où ils avaient réchappé à des cyclones, des traversées du pays entreprises ensemble, d'accidents et de farces faites par les enfants il y a longtemps. Ces récits, je le sentais, avaient déjà été racontés de nombreuses fois, transmis et façonnés par toute la famille, lissés et peaufinés à chaque redite. Tout en écoutant, je songeai au dessin de Laurie et aux sculptures de son père, qui semblaient presque vivantes. Plus tôt, j'avais interrogé son père sur son travail, et il m'avait parlé du processus, de la méthode de soustraction ou d'addition, comment il en venait à décider de faire quelque chose à partir de bois ou de pierre en fonction de ses caractéristiques, ou à créer parfois un moule afin de pouvoir y couler du métal ou du bronze. J'avais voulu le sonder plus avant, mais je ne parvins pas à exprimer ce que je voulais savoir, et laissai passer l'occasion. Laurie et moi avons lu assez tard ce soir-là, et quand j'ai fini par m'endormir, j'ai senti que Laurie ne lisait plus mais me regardait comme on le fait quand on est avec quelqu'un qu'on connaît bien, pleinement, et sans retenue.

Je me suis réveillée tôt et suis partie aux premières lueurs. La brume enveloppait les montagnes, et je me suis aperçue qu'il bruinait également. J'ai sorti une couverture étanche que j'ai attachée sur mon sac à dos, ainsi qu'un imperméable. Là encore, j'ai croisé peu de gens. Sur la route, je restai sur le bas-côté et les voitures me dépassaient doucement en prenant des précautions, comme si j'étais un animal qu'ils ne voulaient pas effrayer. L'air était frais et humide sur mon visage. Je traversai des villages calmes avec de petits jardins et des maisons, où les gens avaient ramassé des légumes laissés à sécher dans des paniers près de la porte. Je longeai un quai de gare désert, des ponts, un barrage où l'eau cascadait depuis une source invisible, noire et froide dans sa chute, blanche et vive contre les rochers. Mon sac était lesté de nourriture et d'eau, dont deux énormes pommes rouges que j'avais achetées à l'épicerie la veille. Autour de moi s'étendaient des routes et des terres cultivées. Je passai devant un abri en bois où des rondins avaient été empilés soigneusement les uns sur les autres. Plus loin, des fruits luisants pendaient aux arbres et de plus près je vis que c'étaient des kakis. Certains étaient jeunes et durs, tandis que d'autres gisaient par terre en une pulpe sucrée. Je farfouillai dans les branches pour en trouver des mûrs et les cueillis pour les manger en marchant. Je pensai de nouveau à Laurie, et me demandai ce qu'il ferait de cette scène, cette promenade, ce qu'il commenterait et observerait. Seule, je semblais incapable de diriger mes propres pensées. Dans un email, il m'avait dit que, à mon retour, nous pourrions fabriquer un portant en bois qu'on suspendrait dans mon bureau. Dessus, nous pourrions accrocher des plantes en pot, afin que la pièce ressemble à une petite jungle.

J'avais assez vite quitté la route pour m'engager sur le sentier. À certains endroits, le chemin était pareil à un couloir, flanqué d'arbres de chaque côté, hauts et fantomatiques, qui se balançaient autour de moi au rythme d'un son que je n'entendais pas. La terre dégageait une odeur froide et riche, tel le fond d'un puits, et le sentier montait en serpentant, humide et boueux par endroits. Je longeai une rivière et deux petites cascades, dont le bruit était presque indissociable de la pluie. L'eau qui coulait sur les pierres était claire et blanche, comme du sel. Je ne pensais à rien ni à personne. Sur une pierre près de mon pied, je vis une minuscule grenouille, de la même couleur qu'une feuille d'automne. Le sentier traversait ensuite une alternance de villages et de montagnes. J'entrais dans la forêt et en sortais comme le personnage d'un livre. Devant une maison située dans les hauteurs, un chien de taille moyenne, la couleur de son pelage se situant entre celles d'un renard et d'un coyote, sa queue recourbée vers le haut, me regarda passer. Je pensai à ma mère, et au jour à venir où avec ma sœur je me rendrais dans son appartement, que je n'avais encore jamais vu, afin de trier une vie entière d'affaires, devoir tout emballer. Je pensais aux choses que j'allais trouver là-bas – des choses intimes, comme des bijoux, des albums photo et des lettres, mais aussi les traces d'une vie soigneuse et bien organisée : des factures et des reçus, des numéros de téléphone, un répertoire, le mode d'emploi de la machine à laver et du sèche-linge. Dans la salle de bains, il y aurait des flacons en verre entamés, des parfums et des crèmes, des signes de ces rituels quotidiens qu'elle n'aimait pas qu'on la voie accomplir. Ma sœur, je le savais, était méthodique, et proposerait qu'on trie les affaires par piles : les choses à garder, les choses à donner, les choses à jeter. Je serais d'accord, mais, au final, je savais que je ne garderais rien, par excès de sentiment, ou par manque, je l'ignorais.

À un moment dans l'après-midi, je m'arrêtai sous un abri pour manger et me faire du thé. J'installai le petit réchaud, la bonbonne de gaz d'un rouge pompier, allumai le brûleur, disposai dessus un fin récipient en alu. Puis j'ouvris une bouteille d'eau et remplis le récipient. Il était assez incroyable de voir la vapeur d'eau s'élever, l'eau bouillir, parmi le crépitement constant de la pluie. Tant que j'avais marché, le mouvement m'avait tenu chaud mais je m'apercevais maintenant que mes cheveux étaient légèrement humides, tout comme mon pull. J'avais acheté l'imperméable dans une boutique d'occasion avant de venir, sans m'imaginer qu'il pleuvrait vraiment. C'était davantage un coupe-vent, comme je m'en aperçus alors, assez fin pour que la pluie puisse s'y introduire, avec une petite déchirure au niveau des épaules. Je me dis que ce n'était pas très grave. J'étais sûre que la pluie était moins forte maintenant, de toute façon je ne pouvais rien y changer. Je bus mon thé, mangeai deux boulettes de riz, qui étaient délicieuses, et me sentis soudain affamée. Je dévorai les biscuits salés et une des pommes. Quand je me levai pour repartir, j'essayai de disposer les bretelles de mon sac à dos afin que la fente dans la couture ne grandisse pas plus.

Vers la fin de notre séjour chez le père de Laurie, nous étions retournés en voiture au lac, nous avions loué des kayaks et commencé à pagayer. Je me souvenais qu'il faisait beau et que l'eau était semblable à du verre. La comète avait laissé un cratère si profond que les arbres poussaient tout près de l'eau, et le fond du lac se dérobait presque aussitôt, si bien qu'il paraissait parfaitement délimité, d'une façon inhabituelle et quasi artificielle. Là encore, il s'était mis, très doucement, à pleuvoir. J'avançais derrière le kayak de Laurie, dont le sillage s'était évasé en un V, comme pour me guider. Je songeai de nouveau au fait que personne ne savait à quel point le lac était profond, et au fait que cette pensée ne me quittait pas. Avec l'eau aussi calme, la pluie formant un voile sur l'autre rive, il était difficile de se faire une idée des distances, nous continuions d'avancer, et tout semblait flotter, comme dans un rêve.

Laurie me parla d'un jour où son frère et lui étaient partis faire du kayak, non pas ici, mais sur une rivière beaucoup plus grande. La randonnée était censée durer plusieurs jours, et ils avaient soigneusement emballé la nourriture et l'équipement, divisant la charge équitablement entre les deux embarcations. Laurie dit qu'à un moment ils étaient arrivés à la première série de rapides, qu'ils avaient passée sans problème. Il dit qu'il se souvenait encore de la sensation, l'aisance avec laquelle son corps avait réagi, pensant si vite qu'il ne semblait pas penser du tout, mais négociant chaque angle, chaque chute comme il fallait. Il se prélassait encore dans cette sensation quand soudain il était passé sous l'eau – il ne savait toujours pas pourquoi, mais peut-être y avait-il eu une autre série de rapides, secondaire, qu'il avait oublié, dans sa rêverie, d'anticiper. Il dit qu'il se rappelait s'être retrouvé sous la surface, l'eau filant autour de son corps, son visage, son crâne, mais être resté bizarrement calme, se disant seulement qu'il devait attendre, attendre de voir ce qui allait se passer. Puis, tout aussi rapidement, il avait émergé, son frère à ses côtés.

Pour une raison ou une autre, avait dit Laurie, après avoir toussé, craché et repris son souffle normalement, ni son frère ni lui n'avaient commenté l'incident, ils avaient continué tranquillement, sans jamais le mentionner pendant le reste de la randonnée, même s'il avait vu l'expression sur le visage de son frère quand il avait refait surface. Je me demandai si c'était peut-être parce que la chose avait été trop réelle, trop effrayante, mais Laurie me dit que non, il pensait plutôt que c'était l'inverse : tous deux avaient su que ça ne changerait rien, voulaient continuer, et n'avaient d'autre choix que de continuer. Il y aurait d'autres rapides à franchir, et ce qui s'était produit n'y avait rien changé. Je me rappelle avoir pensé alors au dessin de Laurie, et au buste réalisé par son père d'un de ses amis, comment tout cela m'avait semblé se rejoindre. Il y avait quelque chose dans la sculpture de son père qui me rappelait la paroi de la cascade, ou la forme du cratère. Elle paraissait presque n'avoir pas été créée par la main. On aurait dit plutôt une de ces roches qu'on aperçoit parfois au loin : façonnée par le vent, la pluie ou le temps, avec des angles doux et des ombres représentant un visage de façon inexplicable, et d'autant plus surprenante et belle pour cela, parce qu'à la fois accidentelle et symbolique.

J'avais demandé un jour à Laurie si son père accepterait que je retourne visiter son atelier. Je me souvenais que j'avais demandé cela comme les enfants de ma sœur le faisaient parfois : l'air de rien, mais d'une façon qui indiquait qu'ils avaient pensé à leur requête toute la journée. Je posai mon livre sur la table et me rendis seule à la remise en bois. C'était le début de l'après-midi et la lumière était parfaite. Je me souviens avoir protégé mon visage avec ma main tout en marchant. Il y avait un gros verrou en métal rouillé sur la porte, mais pas de serrure et je le repoussai. Dedans, ça sentait le bois récemment coupé. Des rais de lumière tombaient par les fenêtres sales, dans lesquels les particules remuaient, comme de l'air montant d'une balle de blé récemment battue dont avait parlé Tchékhov dans une de ses nouvelles. Je m'étais approchée du portrait, avec l'étrange impression de faire effraction dans un espace où je ne devrais pas aller, et que j'allais devoir faire vite si je voulais obtenir ce que je voulais. J'avais soigneusement écarté la protection en plastique et j'avais regardé la tête de l'homme. Je suis assez petite, si bien que mon visage était presque au même niveau que le sien, mon nez à la hauteur de son nez, mes yeux face à ses yeux, lesquels étaient fermés ou ouverts, et de la sorte, nous pouvions presque nous regarder. J'étudiai la sculpture, me demandant tout ce temps si quelqu'un allait arriver et m'interrompre avant que je sois prête. Ce matin-là, j'avais demandé au père de Laurie de m'en dire plus sur son travail, et il m'avait parlé de sa formation en Europe, il avait tout d'abord enseigné les maths, avant de passer à l'art. Il avait évoqué aussi la technique impliquée, parlé de poids et contrepoids, des proportions et du séchage. Mais à la fin de la conversation, j'étais restée troublée. Ce que je voulais vraiment savoir c'était comment il avait fait le visage ; comment précisément il avait réussi à lui donner sa qualité humaine, et comment, par exemple, il avait su équilibrer aussi précisément le grave et l'opaque.

Je sentais que rien de ce que j'avais fait ne vivait ainsi, mais apparemment je n'en savais pas assez pour poser les bonnes questions. Je me rappelai aussi, dans le jardin de notre maison, m'être tenue près de Laurie et le regarder faire tourner le bois sur un tour, l'assurance qui était la sienne alors qu'il trouvait la forme idoine, et combien je l'avais toujours envié pour cela.

Dans les hauteurs, une section du sentier était recouverte de planches, vieilles et épaisses, comme des traverses de voie ferrée. Là-haut, il avait pu pleuvoir pendant des jours, et les planches étaient à présent vertes et glissantes, enveloppées de ce qui ressemblait à une fine couche d'algues. Certaines manquaient par endroits, révélant le sol à un mètre environ en dessous. J'avançais lentement, en veillant à ne pas glisser et tomber. Il y avait des fougères denses, de fins troncs noirs et au loin une brume si épaisse qu'elle en paraissait presque mauve contre le vert de la végétation. À certains endroits, je m'arrêtai pour me reposer, et admirer la vue. Derrière les rideaux de pluie, le paysage ressemblait presque à une des peintures que nous avions vues dans une des vieilles maisons. Elle était constituée de plusieurs panneaux, et pourtant l'artiste n'avait utilisé le pinceau que parcimonieusement, traçant de rares lignes minutieuses sur le papier. Certaines étaient appuyées et définies, tandis que d'autres bavaient et s'estompaient, donnant une impression de vapeur. Et pourtant, quand on regardait l'ensemble, on voyait quelque chose : montagnes, dissolution, forme et couleur descendant perpétuellement.

La veille au soir, j'avais passé en revue sur mon téléphone des photos prises lors de notre séjour à Tokyo. Parmi les clichés de salles et de jardins, des céramiques que j'avais photographiées au musée, j'étais tombée sur une vidéo de vingt-deux secondes me montrant au carrefour Hachikō. Les gens se pressaient dans tous les sens et des publicités défilaient sur des écrans géants. Les feux allaient bientôt changer, et je pouvais entendre par le haut-parleur ma mère qui me disait d'attendre, d'attendre et de sourire. Un soir, je sortis de la douche pour la trouver assise sur son lit, ses affaires dans un désordre inhabituel. Elle me jeta un regard paniqué et me dit qu'elle avait perdu son passeport. Je lui demandai si elle en était sûre et elle répondit qu'elle avait cherché partout, vérifié tout deux fois ; il avait disparu. D'ici quelques jours, nous allions devoir repasser par Kyoto, avant de prendre l'avion pour rentrer. Je lui demandai de réfléchir, de se concentrer sur la dernière fois où elle l'avait vu. Je lui dis qu'il nous restait encore une journée à Tokyo, nous pouvions téléphoner à quelques endroits, revenir sur nos pas. Sinon, dis-je, nous allions devoir nous rendre dans un consulat ou une ambassade. J'essayai de trouver les mots en japonais pour ce dont nous aurions besoin, mais rien ne me venait à l'esprit. Le lendemain nous sommes allées partout : à Ueno, Hibiya, Aoyoma et Roppongi. Les rues étaient humides, rendues glissantes par la pluie. Je ne cessai de scruter le sol, comme si nous allions retrouver son passeport comme une boucle d'oreille égarée. Finalement, nous sommes revenues à l'hôtel, épuisées et abattues. Peu après, elle a poussé un cri, et s'est tournée vers moi, son visage se décomposant de soulagement, sortant le passeport d'une poche secrète de sa valise.

Je pensai au fait que, de tous les endroits que nous avions vus, c'est dans une petite boutique, repérée dans l'un des nombreux passages souterrains qui reliaient les stations de métro, qu'elle avait paru la plus heureuse. C'était le genre d'endroit qui vendait des gants et des chaussettes, commercialisés en telle quantité qu'ils étaient peu chers, et qui plus est soldés. La boutique était pleine de gens qui examinaient les articles. Ma mère y était restée presque trois quarts d'heure, à passer en revue les divers rayons, elle avait pris des cadeaux pour tout le monde. Elle avait veillé à les choisir très soigneusement, associant du mieux qu'elle pouvait chaque personne à un article. Elle avait acheté deux paires de gants aux couleurs vives pour les enfants de ma sœur, ainsi qu'une paire pour moi. Chaque fois que je lui avais demandé ce qu'elle voulait visiter au Japon, elle avait souvent répondu que tout lui ferait plaisir. La seule chose qu'elle avait voulu savoir, c'était s'il faisait assez froid durant l'hiver pour qu'il neige, n'ayant jamais vu la neige.

Là-haut en montagne, je savais que je m'attardais plus que de raison. Le soir tombait et tout s'écoulait, ruisselait vers le bas. Pourtant, même dans mon épuisement, je ressentais une sorte de douceur. Je pensais à Laurie et à nos nombreuses conversations concernant les enfants. Ma prof nous avait dit un jour que les parents étaient le destin de leurs enfants, non seulement comme c'était le cas dans les tragédies, mais aussi de nombreuses autres façons, plus discrètes mais non moins puissantes. Je savais que si j'avais une fille, elle vivrait en partie à la façon dont j'avais vécu, ses souvenirs seraient mes souvenirs, elle n'aurait pas d'autre choix. Quand nous étions plus jeunes, ma mère nous avait souvent lu des passages d'un recueil de contes japonais, n'ayant rien conservé de sa propre enfance. L'un d'eux parlait d'une montagne, dont le sommet était entouré par un cercle de nuages, comme un collier, et qui était si beau que la plus grande de toutes les montagnes en était tombée amoureuse. Mais la montagne aux nuages ne partageait pas ses sentiments, et au lieu de ça se languissait d'une montagne plus petite et plus plate. La grande montagne fut si choquée et furieuse qu'elle se changea en volcan, couvrant les cieux de fumée, d'obscurité et de douleur pendant de nombreux jours. Je me souviens avoir été incroyablement émue par ce conte, l'amour de la belle montagne aux nuages pour la gentille petite montagne, le tourment du volcan, comme si, à cet âge, leurs passions avaient paru plus réelles à mes yeux que les passions humaines. Je ne me rappelais aucun autre conte du livre, sauf celui dans lequel une jeune femme meurt dans la neige, même si j'essayais de me les rappeler tout en marchant.

Le soir prit une teinte bleu foncé, la température commença à fraîchir. Je me sentais de plus en plus loin de tout. Les fougères en bord de route étaient presque des ombres. Je savais que j'aurais dû presser le pas, essayer de devancer la nuit qui tombait, mais, comme la fois où nous étions allés faire du kayak sur le lac, je n'arrivais pas à ressentir un réel sentiment d'urgence. Au lieu de ça, j'avançais lentement, me sentant presque comme quelqu'un qui s'est perdu, et envisage simplement de se coucher à l'endroit où il se trouve pour dormir. Je passai devant un vieux pont et m'arrêtai avant de le traverser. Je vis l'eau, gonflée et animée par la pluie, se déverser. Puis je vis la gare au loin, éclairée par une lumière orange, perçant le bleu du soir comme à travers la brume. Le dernier train partait dans quarante minutes. J'abaissai les manches de ma veste sur mes mains, serrai mes avant-bras et m'assis sur le banc pour attendre. Finalement, je me levai et allai acheter une bouteille de saké à l'un des distributeurs de boissons. Le liquide était clair et froid, avec au début un goût d'alcool et quelque chose de vaguement sucré, qui s'estompait rapidement. Au bout d'un moment, je n'eus plus froid, mais me sentis juste très fatiguée. Je songeai vaguement, non sans lassitude, qu'il était peut-être normal de ne pas tout comprendre, de simplement regarder et toucher les choses.

À l'auberge, ma mère n'était pas dans notre chambre. Je me rendis à la réception et le type derrière le comptoir me dit qu'il ne l'avait pas vue. Il alla même jusqu'à préciser que la chambre n'avait été réservée que pour une personne, moi, et non pour deux. Pour une raison inconnue, cela m'agaça, et je sentis que mon agacement était perceptible à mon ton quand je lui répondis. L'auberge était toute petite et nous étions arrivées la veille. Comment pouvait-il ne pas se rappeler le nombre d'hôtes ? Je retournai dans notre chambre et attendis. Un peu plus tôt, en ôtant mes chaussures dans l'entrée, je m'étais aperçue qu'elles étaient trempées et boueuses et que mes chaussettes étaient mouillées. Je savais que j'aurais dû prendre une douche, enfiler des vêtements secs, mais j'étais fatiguée. Au bout d'un moment, je sortis et m'avançai dans la rue, cherchant d'abord dans une direction, puis dans l'autre. Les lumières des magasins et les phares des voitures semblaient venir de nulle part, comme un train qui approche lentement. Quand ma mère surgit enfin, ce fut comme une apparition. Elle arriva avec sa doudoune fermée jusqu'au menton, et dans l'air froid du soir son haleine sortait sous forme d'un petit nuage, comme un esprit sur le départ. Les phares d'une voiture brillaient derrière elle. Elle s'avança vers moi très lentement, sans donner l'impression de me reconnaître, comme si j'étais le fantôme qu'elle ne voulait pas rencontrer. Dans ses mains, elle portait un petit sac de supermarché. Je sentis l'odeur du riz, un curry chaud. Quand elle me reconnut, son visage s'éclaira soudain. Te voilà, dit-elle, comme si nous ne nous étions ratées que de quelques minutes, comme si elle m'accueillait chez elle. Viens manger, dit-elle.

Ce soir-là, j'étais fatiguée et dormais presque debout. Ma mère déballa le curry et le riz que nous mangeâmes ensemble. Pendant que je prenais ma douche, elle déroula les futons et fit les lits, et quand je revins elle me tendit une paire de chaussettes en laine. Elles étaient très grandes, neuves et rouge vif, pour une raison inconnue cela me fit rire. Dehors, le vent soufflait fort et faisait trembler les volets.

Nous pouvions toutes deux entendre les houles profondes de la pluie qui se dilataient et se contractaient. Je regardai mon téléphone, vis qu'on annonçait un typhon se dirigeant vers Tokyo, et m'endormis avec la tempête dans les oreilles.

Le lendemain, je me réveillai tout enrhumée, la tête lourde, nous dûmes quitter l'auberge et monter dans le train pour Kyoto, qui serait notre dernière escale avant de prendre l'avion. En chemin, j'eus une soudaine envie d'un parfum de mon enfance : une herbe, amère et sucrée, comme un anis étoilé, une racine noire couleur d'algue, que je pouvais goûter en imagination mais, comme de nombreuses choses, dont je ne retrouvais plus le nom. Dans le train, ma mère me passa son téléphone et je lus à haute voix nos horoscopes, qui prédisaient amour, prudence, argent et chance, tout ça le même mois. Le chariot de boissons passa et j'achetai deux glaces au thé vert, même s'il faisait peut-être encore un peu trop froid pour les manger, j'en tendis une à ma mère. Le goût était amer et agréable, les glaces dans leurs petites coupelles en carton, avec leurs petites cuillers en bois plates, me rappelaient les mêmes coupelles qu'elle avait coutume d'acheter à ma sœur et moi quand nous étions plus jeunes, et qu'elle nous laissait manger sur l'aire de jeux pendant qu'elle allait faire des courses. Je me souviens à quel point nous guettions avidement chaque semaine l'heure des glaces, combien nous étions excitées quand le jour J arrivait, comme si c'était notre seul repère, sans vraiment penser au travail que ça impliquait pour notre mère. Je me souviens que Laurie et moi avions un jour plaisanté sur le fait que j'étais capable de finir les restes de tous les repas, même si je n'avais pas faim, le fait que je ne supportais pas qu'on jette des choses. À l'époque, j'en avais ri également, mais ce que je n'avais pas dit c'est que c'était la frugalité de ma mère que je répétais. Elle avait gardé, je le savais, tous les billets, les brochures et les guides qu'on nous avait donnés afin de les rapporter chez elle, comme si elle avait l'intention de les lire plus tard, comme on lit un roman. Quand ma nièce et mon neveu déballeraient leurs cadeaux, je savais aussi qu'elle récupérerait le papier avant qu'on le jette, pour le garder et le réutiliser en vue d'autres cadeaux, une autre fois.

Comme nous regardions par la fenêtre, le paysage défilait en traînées blanches, grises et rouges. À un moment, les rails obliquaient vers la côte, et nous longeâmes la mer qui était d'un bleu plat et laiteux après la tempête. Ma mère me regarda et sourit, comme si elle était simplement heureuse que nous soyons ensemble, et qu'on n'ait pas besoin de parler. Nous n'avions échangé, me semblait-il, que fort peu de choses importantes ces dernières semaines. Le séjour touchait à sa fin, et n'avait pas donné ce que j'avais escompté. J'envisageais d'apprendre le japonais, me trouvant encore trop balbutiante dans cette langue, tout juste capable de demander les choses les plus simples. Et pourtant, je persistais, car je rêvais de pouvoir en dire davantage un jour. Je pensais aux fois où j'avais réussi à aligner une suite de phrases, comme avec la femme de la librairie, et à quel point cela avait été agréable, électrique. Je voulais vivre d'autres moments semblables, sentir la langue couler en moi, connaître des gens et qu'ils me connaissent. Je me disais aussi que la langue maternelle de ma mère était le cantonais, et la mienne l'anglais, et que nous nous parlions presque toujours dans l'une et non dans l'autre.

Les récits de ma mère – ce qu'elle nous avait dit ou tu, concernant mon oncle, ou de ses premiers pas dans un nouveau pays. Ce n'est pas qu'elle ait gardé ces choses secrètes ou les ait changées délibérément. Je savais, par exemple, que son frère avait le cœur fragile, quand elle avait pris la première fois un vol pour l'étranger, le nom du village où ses parents étaient nés, un village bien trop éloigné de Hong Kong. Ses propres parents, m'avait-elle dit, parlaient peu de leurs enfances, et donc, comme c'est souvent le cas avec la distance, les choses s'achevaient avec le nom du village. Je pensais au film que j'avais regardé dans l'avion à l'aller, l'histoire d'une scientifique qui découvre le secret du voyage dans le temps et se rend donc dans le futur, où tout lui est étrange et méconnaissable, y compris sa propre vie. Je me souviens que mon regard allait de l'écran au hublot ; en bas, les lumières de nombreuses petites villes brillaient comme de lointaines colonies. Peut-être, me disais-je, ma sœur et moi avions-nous grandi d'une façon qui avait dû paraître tout aussi étrangère à ma mère. Peut-être, avec le temps, trouvait-elle le passé de plus en plus difficile à évoquer, surtout sans personne avec qui se le rappeler. Peut-être était-ce plus facile ainsi, si bien qu'au bout d'un temps cette nouvelle vie devenait normale, une chose de plus à laquelle elle s'habituait, comme de manger des céréales au petit déjeuner, ou de garder ses chaussures quand on allait chez quelqu'un, ou de ne parler que rarement à l'autre dans sa langue maternelle.

À Kyoto, le soleil se montra pour la première fois, aurait-on dit, depuis des semaines. Inconsciemment, nous tournâmes nos visages vers lui. Tout ce qui restait du typhon, c'était un vent fort et délibéré. Le lendemain matin, nous prîmes le train jusqu'aux forêts de bambous, qui étaient denses, hautes et d'un bleu presque turquoise. Le sentier était étroit, et très fréquenté. Autour de nous, les gens faisaient des mouvements de karaté, ou se promenaient en pousse-pousse, vêtus de kimonos, espérant apparemment vivre comme ils pensaient qu'avaient un jour vécu les gens, à une époque qui en fait n'avait jamais vraiment existé. Plus tard, nous sommes allées visiter les autels et les jardins et j'ai été surprise de voir que ma mère savait comment jeter des pièces dans la boîte en bois, faire sonner la cloche, taper dans ses mains et prier.

Plus tard, nous nous sommes promenées dans les rues de Gion, en nous courbant pour nous protéger du vent, prenant des photos devant les portes en bois et les vitrines des magasins et nous arrêtant pour manger des tempuras dans un restaurant près d'un des célèbres temples. Le hasard fit que je dénichai un magasin de vêtements dans une allée. Je fis signe à ma mère de me suivre. Le toit était étonnamment haut, comme celui d'une vieille grange, et sentait vaguement le cèdre. Les vêtements étaient exposés sur de simples cintres disposés sur des portants métalliques, dont un grand nombre étaient suspendus au plafond par des fils métalliques, de sorte que les articles oscillaient très légèrement quand on les touchait. La plupart étaient teints en noir et la teinture était si sombre qu'elle me rappelait une peinture dont j'avais lu dans un livre qu'elle avait été utilisée par un artiste en collaboration avec des scientifiques, et dont il était dit qu'elle était si absolue qu'elle absorbait presque toute lumière. Pourtant les vêtements, quand on commençait à les regarder, n'avaient rien d'absolu, ils semblaient plutôt faits de segments, de plis et de drapés, aussi était-il parfois difficile de dire comment s'y prendre pour enfiler chaque article. Ou peut-être, pensai-je, n'y avait-il aucune façon correcte de porter ces choses. Il suffisait peut-être de tirer et tordre et laisser chaque chose tomber un peu différemment chaque fois. Au milieu de la boutique, il y avait une suite de vitrines où étaient exposés des bijoux. Ces derniers étaient délicats, couleur d'os, rappelant des moulages de brindilles cassées ou des empreintes de plantes du désert. Ils n'étaient pas noirs, mais blancs, couleur d'argile. Vers le fond de la boutique, dans un coin, je trouvai un ensemble ajusté noir, en laine douce, que je pris et montrai à ma mère en lui enjoignant de l'essayer. Quand elle sortit de la cabine et se tint devant le miroir, je remarquai que la coupe était moins informe que je ne l'avais cru, mais prenait bien la taille, avant de s'évaser légèrement sur les hanches et les cuisses, le pantalon si large et si flottant qu'on aurait dit une culotte bouffante. Il donnait l'impression d'une forme soigneusement structurée, un peu comme la silhouette évasée du *hanbok* coréen. Je dis à ma mère que ça lui allait bien, et c'était vrai. Elle aurait pu, ainsi habillée, être une personne complètement différente, anonyme et méconnaissable.

Lors de notre dernière matinée, je l'emmenai voir le sanctuaire d'Inari. Il faisait de nouveau frais et gris, et nous mîmes nos doudounes et traversâmes le petit village d'échoppes et d'autels puis gravîmes la montagne. Il avait plu pendant la nuit, et le sentier était humide et boueux. Je lui dis d'être prudente, de faire attention en marchant. Je songeai au jour où elle m'avait dit que mon arrière-grand-père était poète, et à tout ce qui se perdait entre cette génération et la nôtre.

Tout en marchant, elle m'interrogea sur mon travail. Je ne répondis pas tout de suite, puis je dis que dans de nombreuses peintures anciennes, on pouvait découvrir ce qui s'appelait un *pentimento*, une première couche sur laquelle l'artiste avait décidé de peindre. Ce pouvait être parfois juste un objet, ou une couleur qui avait été changée, mais ça pouvait aller jusqu'à une silhouette entière, un animal, ou un élément de mobilier. Je dis que, à cet égard, écrire s'apparentait à peindre. Ce n'était que de cette façon qu'on pouvait revenir en arrière et changer le passé, afin de restituer les choses non telles qu'elles étaient, mais telles qu'on souhaitait qu'elles soient, ou plutôt telles qu'on les voyait. Je dis que, pour cette raison, il valait mieux qu'elle ne prenne pas pour argent comptant ce qu'elle lisait.

Plus nous grimpions dans la montagne, plus nous laissions derrière nous les touristes. Les portes enjambaient les sentiers et nous passâmes dessous. Certaines étaient rouge vif, d'autres orange pâle, leurs bases peintes en noir. J'avais supposé que ma mère serait fatiguée, mais elle grimpa les marches sans jamais modifier son allure, comme déterminée, voire en colère. Bientôt, elle me devança. Je m'arrêtai à plusieurs reprises pour me reposer. J'avais encore mal aux jambes après la randonnée de la veille et ma tête était lourde. Devant nous, les portes continuaient selon une courbe progressive, de sorte qu'on ne pouvait pas voir complètement le sentier au-delà, ni celui derrière.

Nous avons finalement émergé sur une pente boisée, recouverte de fougères gris-bleu et de cèdres. J'aperçus ma mère près d'un gros rocher. Je la rejoignis, sortis mon appareil photo et ajustai les réglages. Je lui parlai d'une série de photos que j'avais vues l'an dernier. Ici, dis-je, les portes *torii* étaient préservées, c'était un énorme site touristique, mais ailleurs, de nombreuses portes, plus anciennes et plus petites, avaient été détruites ou abandonnées. J'avais souvenir d'une photo d'une élégante structure abandonnée dans une forêt tropicale. Sur une autre, la porte avait été déposée contre un banc de jardin, remisée pour être recyclée. Puis je pris sa main dans la mienne et déclenchai l'obturateur avec l'autre. Plus tard, en regardant l'image, je pus voir que nous n'étions pas prêtes pour le cliché : fatiguées, surprises et d'une certaine façon fidèles à nous-mêmes.

Ma mère se dirigea vers l'une des petites boutiques au sommet de la montagne et nous commandâmes un thé vert ainsi que quelque chose à manger. Elle acheta une petite amulette, un renard blanc, et deux cartes postales. Je m'aperçus que tout ce qu'elle avait acheté était destiné à être offert. Le thé était brûlant et bon, accompagné de petits pains dont le centre contenait une pâte de haricots sucrés. Nous trouvâmes un banc où nous asseoir et contempler la vue, tandis que les touristes passaient la dernière porte, l'air las ou blasé, ou escaladaient des rochers pour se prendre en photo avec la vallée en contrebas.

Avant de nous rendre à l'aéroport, il nous restait un peu de temps à occuper, et nous sommes allées dans un temple reconverti en boutique. Là encore, nous nous sommes séparées, comme nous en avions pris l'habitude, j'ai acheté un foulard bleu pour Laurie et un gros carnet pour moi avec mes derniers yens. Après avoir payé, j'ai cherché ma mère des yeux mais ne l'ai aperçue dans aucune des rangées. Au bout de quelques minutes, je l'ai trouvée qui m'attendait à l'entrée, assise sur le banc, l'air – et pour ce que j'en savais cela pouvait être le cas – d'avoir toujours été là. La porte formait un cadre autour d'elle, elle était aussi immobile qu'une statue, les mains jointes paisiblement sur ses genoux et les jambes serrées, si bien que toutes les parties de son corps se touchaient, et qu'on aurait pu la croire faite d'une pierre unique. Elle avait également la qualité d'une sculpture et respirait profondément, comme enfin satisfaite. J'ai enfilé mon manteau, et me suis dirigée vers elle en contournant les gens qui entraient. Comme je m'approchais, elle m'a vue et a fait un geste de la main. Tu peux m'aider ?

a-t-elle dit, et j'ai vu qu'elle n'arrivait pas à se pencher suffisamment pour atteindre sa chaussure. Je me suis agenouillée, et, d'un geste vif, je l'ai aidée à se chausser.